사랑을 말하는 건 쉽다. 사랑으로 사는 일은 어렵다.

빠르게 시간을 건너뛰는 아이 몸에 하루를 공들여 채워주고, 담아내려 한 부모의 기록. 아빠 새끼손가락을 잡고 오늘도 씩씩하게 걷는 원기를 보며 사람의 손이 하는 일 중 가장 좋은 일이 무언지 배운다. 사랑으로 사는 일은 어렵지만 누군가는 그걸 해낸 뒤 조용히 그 의미를 가슴에 품고 또 다른 하루를 만들어낸다. 힘든 시간을 온몸으로 통과한 사람이 곁에 있는 다른 누군가에게 건네는 웃음의 무게. 사람들이 이 책에서 눈물보다 그 미소를 먼저 알아봐주었으면 좋겠다. 책등에 말이 아닌 손을 얹는 마음으로 원기에게 다정한 인사를 건넨다.

_소설가 · 김애란

작은 키, 작디작은 손, 톡 튀어나온 머리, 호리호리한 몸. 작고 여린 몸이지만 그에 비해 제일 크고 건강한 예쁜 마음을 지닌 원기를 만나게 되었다. 처음 본 원기는 내 우려와 달리 상당히 활달하고 보기만 해도 미소가 절로 지어지는 해피 바이러스를 가진 아이, 감당할 수 없는 아픔을 지녔음에도 꿋꿋하게 모든 것을 이겨내고 부모님까지 챙기는 효심 깊은 아이, 때로는 노래 부르고 춤추는 것을 좋아하는 밝은 아이였다. 원기는 희귀병을 앓고 있음에도 이 세상을 행복하게 사는 법을 아는 듯했다. 삶의 풍파 속에서도 원기는 매순간을 마치 퍼즐 조각 맞추듯 아름다운 그림으로 다시 써내려갔다. 그렇게 살아가는 원기가 참으로 대단하고 놀라웠다. 이 소년의 삶이 많은 사람의 메마른 마음에 희망과 꿈과 행복이 되었으면 좋겠다. 애벌레가 인고의 시간을 거쳐 나비가 되어 날아가듯, 원기의 소중한 추억들이 멀리, 또 높이 훨훨 날아가 보물이 되어주기를 간절히 바란다.

_가수 · 공민지

유학 중인 아이들을 만나러 미국에 가면 도착하자마자 '며칠 뒤면 아이들과 다시 헤어져야 한다'는 생각이 마음에서 떠나지 않는다. 이별을 생각하지 않고 아이들과 일상을 보낼 수 있으면 얼마나 좋을까 하는 생각을 참 많이 했다. 소아조로증을 앓는 원기와 가족은 '떠나는 날'을 항상 마음에 품고 산다. 내가 경험하는 이별과는 비교할 수 없는 더 크고 아픈 이별을…. 책을 읽다가 어떤 대목에서는 눈물이, 어떤 대목에서는 폭소가 나왔다. 그러다 한 가지 부러운 게 생겼다. 원기 가족이 나누는 대화, 예를 들어 "아빠, 닥쳐!" 같은 대화다. 고통으로 찢어졌다가 '진짜 가족'이 되어 나누는 '진짜 대화'를 당신에게 소개하고 싶다.

_CBS-TV 프로듀서 · 신동주

다큐멘터리 제작을 위해 원기 가족을 만나러 가는 길은 유난히 긴장되었다. 엄청난 스토리를 가진 가족을 대면할 때 어떤 표정을 지어야 할지, 어떤 얘기를 해야 할지 너무나 조심스러웠다. 크게 심호흡을 하고 집으로 들어가 만난 원기네 가족은 내 예상을 보기 좋게 깨버렸다. 원기는 게임을 조금이라도 더

하기 위해 꾀를 쓰고 투정을 부리는 보통 아이였고, 원기 엄마와 아빠는 슬픈 그림자를 찾아보기 힘들 정도로 밝고 담담했다. 그런데 오래 지켜보며 깨달았다. 평범하지 않은 가족이 평범하게 살기 위해 얼마나 애쓰고 노력했는지를. 화살처럼 달려가는 원기의 시간 앞에서 가족이 선택한 가장 소중한 행복은 바로 평범한 일상이었다. 이 책은 원기네 가족의 모습을 때로는 배꼽 잡는 코미디처럼, 때로는 눈물 쏙 빼는 영화처럼, 때로는 가슴 먹먹하게 만드는 다큐처럼 생생하게 보여준다.

_MBC 시사제작국 프로듀서 • 이모현

프로그램 출연 섭외를 위해 원기네를 처음 찾아갔던 날, 나는 시름에 잠겨 있는 부모, 웃음 잃은 아이를 상상했다. 그런데 내가 목격한 것은 시도 때도 없이 장난을 치는 아이와 가족의 끊이지 않는 웃음이었다. 아이가 죽어가고 있는데 어떻게 웃을 수 있지? 그날 이후 촬영하는 내내 그 웃음의 이유를 찾으려고 노력했다. 그러던 어느 날, 원기 아버지로부터 뛸 듯이 기쁜 목소리로 걸려온 전화를 받았다. "피디님, 원기한테 머리카락이 났어요!" 그다음 날 두피 전체에 새로 돋아나는 머리카락을 찍을 생각에 신이 나 달려갔다. 하지만 원기 두피에서 돋아난 머리카락은 달랑 한 올이었다. 실망한 피디와 달리 원기네 가족은 그 기쁨을 마음껏 누렸다. 그 순간, 웃음의 이유, 행복의 이유를 깨달았다. 내가 얻은 답과 독자들이 얻은 답이 같지 않을 순 있지만 확실한 건 이 책을 읽은 독자의 삶이 전과는 달라질 거란 사실이다. 내 삶이 그랬듯이.

_MBC 〈휴먼다큐 사랑〉 "시간을 달리는 소년 원기" 프로듀서 • 조성현

세상의 잣대로 봤을 때 분명 원기는 아픈 아이였다. 하지만 그런 아이가 있는 집이라고 믿기지 않을 정도로 원기네 가족은 담담히 그리고 즐겁게 하루하루를 살아가고 있었다. 아이들과 어떤 놀이를 할지 궁리하는 아빠와 여느 집처럼 입 짧은 아이의 먹거리를 걱정하는 엄마. 이 책은 원기의 이야기이자 다른 아이들보다 조금 빠른 시간을 살아가는 아들을 둔 부모의 이야기다. 원기 아빠가 담담히 쓴 글 속에는 원기를 향한 한없는 사랑이 묻어난다. 원기 아빠는 "그냥 이렇게 하루하루 행복하고 즐겁게 사는 게" 작은 바람이라고 말한다. 그랬으면 좋겠다. 정말 그랬으면 좋겠다.

_KBS 〈인간극장〉 "우리 집에 어린왕자가 산다" 프로듀서 • 박정규

삶과 죽음의 경계에서 자라는 아이를 지켜보는 아빠에게는 위로가 필요하다. 사랑이 필요하다. 용기가 필요하다. 담담하고 소박한 일기로 써나간 원기 아빠의 마음을 따라가면서 아들이 되어보기도 하고 아빠가 되어보기도 하자. 우리는 결국 누군가를 잡아주고 놓아주며 사랑하는 삶의 여행자 아닌가. 이 땅의 아빠들이 하루하루가 삶의 마지막인 것처럼 자녀의 숨소리를 소중히 듣고 기억하고 마주하기를 바라며 이 책을 권한다.

_우아한형제들(배달의민족) 크리에이티브 디렉터 • 한명수

내
새
끼
손
가
락

아
들

내 새끼 손가락 아들

시간을 달리는 소년과
순간을 사랑한 아버지의
애틋한 기록

홍성원 지음

루아크
RUACH

어느 날
사랑하는 존재가 사라진다면

우리 아들은 아직 꿈이 많다. 아니 그럴 나이다. 어떨 때는 쉴 새 없이 노래를 부르고, 어떨 때는 게임에 빠져 정신없이 그것만 하는 영락없는 그 또래 아이다. '가면라이더'에 반하면 자면서까지 잠꼬대를 해대고, '스파이더맨'에 꽂히면 종일 스파이더맨 놀이만 한다. 아빠인 나에게 벽을 타고 다닐 수 있게 해달라며 얼마나 졸라댔는지 모른다.

우리 아들은 그 또래 아이들이 다 그렇듯 지독한 개구쟁이다. 40점짜리 수학 시험지를 들고 와서는 성적이 조금 올랐다면서 당당하게 말하는 녀석, 자기보다 못하는 친구 한두 명을 거론하며 자기 점수를 인정해달라는 녀석… 내가 어렸을 때는 상상할 수도 없는 일이었지만 내 아들은 당당하다.

마이클 조던의 농구를 보며 나도 그렇게 되겠다며 미친 듯이 농구

연습을 했던 학창시절…《슬램덩크》의 주인공 강백호가 꼭 나인 것 같아 만화책을 보고 또 봤던 그 시절에 나는 아들을 낳는다면 반드시 함께 농구를 하겠다고 다짐했다.

그러나 184센티미터인 나보다 키가 훌쩍 커서 내 슛을 마음껏 막아내는 아들의 모습은 이제 마음속에서만 간직해야 한다. 의학보고서에 따르면 내 아들에게는 길어야 5~7년의 시간만 남아 있다. 100센티미터가 겨우 넘는, 앙상한 팔다리로 구부정하게 걷는, 손발톱조차 몇 개 남아 있지 않은 아이, 대한민국 5000만 인구 중 단 한 명만 앓는 희귀질환을 가진 아이가 바로 내 아들 홍원기다.

원기를 키우면서 그때그때 느낀 것들을 일기로 남기고 싶었지만, 고통의 순간에 글을 적는다는 것이 마치 고통을 배가시키는 것만 같아 차마 할 수 없었다.

춘천의 한 대학병원에서 원기의 병명을 알게 되었던 초가을, 억수같이 내리던 비를 맞으며 차도에 뛰어들고 싶었던 바로 그 순간, 동그란 눈으로 아빠를 바라보던 아들 녀석의 해맑은 눈이 떠올랐다. 그 눈은 '제발 그러지 말라'고 애원하는 듯했다. 그 시간이 엊그제 같다. 온갖 검사를 받으면서 울고불고 난리를 피웠던 원기는 어느새 열두 살이 되었다. 이제 그 아들과 아빠의 이야기, 아니 우리 가족의 이야기를 시작하려 한다.

이 기록이 사람들에게 조금이나마 힘과 용기를 줄 수 있었으면 좋겠다. 특히 아픈 가족이 있거나 말도 안 되는 시련을 겪는 이들에게 말이다. 인생의 목표를 달성하기 위해 밤낮없이 뛰어다니는 이들에게 어쩌면 이 글은 한낱 휴지조각에 불과하겠지만, 인생이란 게 어찌 계획대로만 될 수 있겠는가. 삶의 수많은 변수와 맞닥뜨렸던 수많은 이에게 이 글이 작은 위로가 된다면 그것으로 족하다.

원기와 함께한 12년이라는 시간을 돌아본다. 이 글을 쓰고 있는 지금도 밤을 무서워하는 아들은 자기 곁을 떠나지 말라며 나를 꼭 잡아둔다. 아니, 사실 그 반대인지도 모르겠다.

어느 날, 원기가 이 세상에서 사라진다면 나는 그리고 우리 가족은 어떤 삶을 살게 될까.
오늘도 조심스럽게 상상한다.

차례

너무나 다르지만
너무나 사랑스러운 원기

태어난 지 100일이 되면서부터 원기가 또래 아이들과 많이 다르다는 걸 알았다. 100일 무렵 아이들의 피부와 살은 정말 말랑말랑하고 부드럽기 그지없지만 원기는 피부가 붉고 단단했다. 특히 팔과 허벅지는 군데군데 뭔가가 뭉쳐 있는 듯한 느낌이었다. 소아조로증을 앓는 아이에게서 나타나는 일반적인 특징이었지만, 나와 아내는 원기가 다섯 살이 될 때까지 원기가 그 병을 앓고 있다는 사실을 전혀 눈치 채지 못했기에 그저 원기가 건강하고 튼튼한 남자아이라서 그런 줄로만 생각했다.

하지만 24시간을 원기와 붙어 있는 아내는 뭔가 이상한 느낌을 받았던 것 같다. 결국 우리는 동네 보건소에서 진찰을 받아보기로 했다. 별일 아니겠거니 싶었지만 불안함은 감출 수 없었다. 그때는 내가 신학대학원에 다니면서 지역 교회에서 파트타임으로 일하던 때라 정말 쉴 틈이 없었다. 그래서 아내와 원기만 보건소로 보내고 나는 학교로 향했다. 오랜만에 친구들과 공을 차면서 땀을 쏟으면 불안한 마음이 좀 가라앉겠거니 싶어 운동장으로 향했지만 그래도 불안함은 가시지 않았다. 한참 운동을 하고 있을 때 아내에게 전화가 왔다.

"여보, 원기가 아무래도 좀 이상한 것 같다고 큰 병원으로 가보래. 다리 피부가 단단한 게 경피증인 것 같다고 해서."

그 이야기를 듣고는 무척 놀랐지만 아내에게 티를 낼 수는 없었다. 운동을 멈추고 급하게 집으로 달려갔고, 인터넷으로 경피증에 대해 알아보기 시작했다. 주로 어른에게서 발견되는 병이고, 심할 경우 피부만이 아니라 내장까지 굳어질 수 있다고 나와 있었다. 그 글을 읽는 순간 나도 모르게 눈물이 나왔다. 머리카락을 움켜쥐면서 중얼거렸다.

"다 나 때문이야. 나 때문이라고. 내가 운동이나 하고 있으니 그렇게 된 거라고."

그 자리에서 정말 어린아이처럼 엉엉 울었다. 어디서부터 어떻게 해야 할지 막막했다.

"하나님, 어떡하죠? 어떡하냐고요!"

감정이 북받쳐 올랐다. 당시 우리 가족이 살던 금호동은 아직 재개발이 확정되지 않아 오래된 주택들이 즐비했다. 그런 곳 반지하가 우리가 살던 신혼집이었는데 빛이 거의 들어오지 않아 낮에도 어두웠

다. 원기와 아내가 보건소에서 돌아올 때까지 어두운 방구석에 앉아 얼마나 울었는지 모른다.

얼마 지나지 않아 아내가 왔다. 아기 띠에 매달려 있던 원기 녀석은 집에 오니 갑갑했던 게 사라져 신이 났는지 연신 팔다리를 휘저어댔고 나를 보고는 환하게 웃어주었다.

"여보, 내일 원기 데리고 대학병원에 가야겠어요. 보건소 선생님께서 소견서 써주셨어요."

우리는 다음 날 일찍 대학병원 피부과를 찾았다. 선생님께서는 경피증일 수도 있지만 아직 아이가 너무 어려 단정할 수 없고, 또 아이가 자라면서 자연스럽게 회복되기도 한다면서 우리를 안심시켰다. 아이들에게는 신비한 힘이 있으니 따뜻한 물로 매일 목욕시키고 로션을 구석구석 잘 발라주라고도 일러주셨다. 나에게 그리고 아내에게는 선생님의 그 말 한 마디가 막혀 있던 숨통을 틔워주는 듯했다. 마치 신의 음성 같았다.

그 길로 우리는 아침저녁으로 원기를 목욕시켰다. 목욕은 물 온도를 맞추는 것부터 정말 세심한 주의가 필요했다. 나는 그 일이 점점 버거웠는데 역시 엄마는 엄마인지 아내는 하루도 거르지 않고 그 일을 해냈다. 원기 녀석이 떼를 피워도 힘든 기색도 하지 않았다.

돌이켜보면 처음으로 경험해보는 하늘이 무너지는 듯한 순간들이

었다. 그렇지만 앞으로 닥쳐올 엄청난 일의 서막에 불과하다는 사실
을 우리는 알지 못했다. 원기가 정상이 아니라는 진단을 받은 것은
그로부터 한참이 지난 뒤였다.

#1

똥 묻은 팬티

"아빠, 일루 와봐."

홍원기 씨가 또 나를 부른다. 녀석은 자존심이 세서 무슨 일이든 자기 힘으로 하려 한다. 그런데 아빠를 찾는다는 건 분명 자기 힘으로 해결할 수 없는 일이 생겼다는 뜻이다. 난 곧바로 반응한다. 행동이 빠른 편은 아니지만 원기가 부르면 언제든 달려간다.

"아빠, 나 또 팬티에 똥 지렸어."

원기는 근력이 약하다. 몸을 움직이는 근육만이 아니라 항문을 조이는 근육까지도 말이다. 그래서 화장실을 가야 할 신호가 왔을 때 바로 가지 않으면 약한 근육 사이로 새어나온다. 나이가 많은 어르신 가운데 가끔 이런 참사(?)를 겪는 분이 있는데, 똑같은 경우다.

"아빠가 내 팬티 좀 빨아줘."

"뭐? 니가 빨아 인마."

"내가 어떻게 빨아. 더럽잖아! 아빠가 빨아줘야지…."

기가 차는 녀석이다. 내가 아들의 똥 묻은 팬티를 빨게 될 줄이야. 아무튼 난 열심히 빤다. 비누칠을 빡빡 한다. 특히 그곳은 냄새가 나지 않게 더 세게 문지른다. 열심히 빤 다음 힘껏 쥐어짜 원기에게 보여주며 말한다.

"자, 다 빨았다, 이 녀석아."

그러고는 팬티를 원기 머리 위에 올려놓는다.

"아, 뭐야, 더럽게!"

"뭐, 더럽다고? 야, 인마. 어차피 니가 입는 팬티인데 뭐가 더러워? 그리고 그렇게 더러우면 아빠는 뭐냐? 너는 아빠 팬티 빨아줄 거야?"

머쓱한지 녀석은 그냥 웃는다.

인생이란 무엇일까 종종 생각한다. 친구들은 회사에서건 어디에서건 중요한 위치에서 치열하게 살아가는데, '아들 똥 묻은 팬티나 빨고 있는 나는 뭐지?' 싶을 때마다 그런 생각이 든다. 그러다 이내 마음이 바뀐다. 뭔가 거창하고 중요한 일을 하는 사람만 훌륭한 건 분명 아닐 것이다. 나보다 더한 일을 즐겁게 감당하는 그런 부모들이 또 얼마나 많겠는가. 애써 마음을 다잡아본다.

그런 삶을 사는 부모들에게 작은 위로를 건네고 싶다.

'지금 우리는 우리 인생에서 그리고 우리 아이의 인생에서 가장 중요하고 의미 있는 일을 하는 거라고. 기운 잃지 말자고. 힘내고 용기를 내서 떳떳하자고!'

갑자기 원기에게 고맙다. 팬티에 똥 묻은 걸 부끄러워하지 않고 뻔뻔하게 말해줘서.

언제든 말해라. 그까이꺼 다 해줄게.

이 고약한, 사랑하는 내 새끼야….

#2

한밤중

'사사삭' 정말 작은 소리가 들린다.

잠들기 전에는 귀가 굉장히 예민해진다.

잠이 들려는 순간 '사사삭' 소리가 커진다.

작은 목소리가 들린다.

"아빠, 아빠."

조그만 녀석이 내 옆으로 온다.

골반이 비틀어져 팔자걸음을 걷는,

그래서 사랑스러운 내 아들 원기다.

#3

아빠의 마음

원기는 아침까지 깨지 않고 쭉 잔 적이 별로 없다. 밤에 몇 번씩 깬다. 워낙 예민하기도 하고 무엇보다 몸이 불편해서다. 이제는 많이 익숙해졌다. 원기가 엄마와 따로 자기 시작한 건 아홉 살 때부터다. 그전까지는 엄마와 떨어지지 않으려 해서 아내와 원기, 둘째 수혜가 한 방에서 잤다. 내가 옆에 눕기라도 하면 원기는 그새를 참지 못하고 엄마를 찾았다.

신기한 것은 아홉 살이 되면서부터 갑자기 아빠인 나를 찾기 시작했다는 것이다. 그동안 그렇게 옆에 있어주겠다고 해도 싫다더니, 별일이다 싶었지만 내심 좋았다.

아무튼 그때부터 본격적으로 원기가 잠들 때까지 내가 원기 옆을 지켰다. 한번은 그 이유를 물었다.

"야, 너 왜 갑자기 아빠를 찾아? 너 원래 엄마만 찾았잖아."

"아빠가 좋아서. 그리고 엄마는 너무 까칠해."

황당했다. 남자아이라 엄마한테 혼날 거리가 점점 많아지니 아빠를 찾기 시작한 것이다. 어쨌든 원기 녀석 옆에 누워 원기와 이야기를 나눌 수 있다는 것만으로도 정말 감사했다. 한참을 원기 옆에 있다가 잠든 걸 확인하고 자리에서 일어나면 용케 깨서는 "아빠, 어디가? 아빠, 가지 마" 한다. 그러는 원기에게 "이제 잠 좀 자, 이놈아" 하고는 방에서 슬그머니 나온다. 이런저런 일을 마치고 내가 잠을 자야 할 시간이 오면 마지막으로 조심스럽게 방으로 들어가 원기와 둘째 수혜를 보고 온다.

조로증을 앓는 아이는 눈이 잘 감기지 않는다. 그래서 실눈을 뜨고 있는 것처럼 보일 때가 많다. 그 때문에 원기가 깨어 있는 줄 착각한 적도 많다.

"홍원기, 빨리 안 잘래?"

혼내준 적도 있는데, 사실 원기는 자고 있었던 때가 많다. 그래서 눈을 잘 감고 자는지, 이불은 덮고 자는지 살펴본다. 녀석은 잠자는 모습이 희한하다. 손을 머리 위로 올리고 잘 때도 있고 잠꼬대도 종종 한다. 잠든 녀석을 가만히 보고 있자면 나도 모르게 울컥한다.

언제나 아이 같은 모습만 하고 있는 원기… 남들처럼 컸다면 아빠를 닮아 키도 크고 덩치도 컸을 것이다. 이런저런 생각을 하며 녀석의

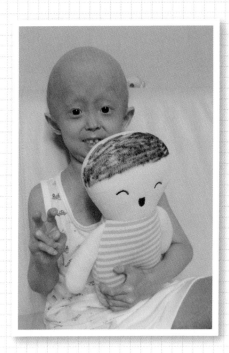

얼굴을 한참 들여다본다.

　만약 녀석이 건강했다면 내가 이렇게 아이들에게 관심을 가졌을까. 그저 잘 자고 있겠거니 하고 말았을 것이다. 아이가 잘 자라는 모습을 지켜본다는 게 얼마나 행복한 일일지 종종 상상한다. 하루가 다르게 자라는 아이의 모습을 보면서 뿌듯해하고 든든해하는 당연한 것들을 아내와 나는 누리지 못해서다. 이제는 시간이 많이 지나 원망이 좀 사그라들었지만, 그럼에도 원기 녀석을 보고 있으면 종종 눈물이 난다.

　원기 방을 나오면서도 원기 얼굴에서 눈을 떼지 못한다.
　'사랑한다, 아들.'
　오늘도 가슴으로 말한다.

원기가
눈으로 말하다

힘든 일이 생겼을 때 신앙인들이 하는 생각이 있다.

'내가 뭔가 부족해서 이런 일이 일어난 거야. 잘못한 게 많아서 그런 걸 거야.'

그래서 신의 분노를 누그러뜨려야 한다는 생각, 신의 형벌을 축복으로 바꿔야 한다는 생각을 하게 된다. 나 역시 그랬다. 목회의 길을 걷는 사람으로서, 아니 그냥 한 인간으로서 내게 너무나 많은 흠이 있어서 원기가 이런 일을 겪는 거라고 결론 내렸다.

내가 믿는 신 앞에 간절히 기도하고 더 성실하게 산다면 지금의 고통으로부터 벗어날 수 있을 거라고 믿었다. 그래서 가장 먼저 게으른 삶을 뜯어고치겠다고 마음먹었다. 아내 생각도 같았다. 그다음 날부터 아내와 나는 새벽기도를 나가기 시작했다. 열심히 사는 목회자가 되고 싶었다. 그래야 원기가 나을 수 있을 것만 같았다. 이런 결심을 좀 더 확실히 하고 싶어서 오래전부터 알고 지내던 목회자 선배님께 신앙 훈련을 받기로 했다. 연락을 드려 사정을 간곡하게 말씀드렸더니 그분들 역시 여유 있는 형편이 아니었는데도 내 요청을 받아주셨다. 그렇게 선배님 부부와 매주 모여 함께 기도하고 성경을 공부했다.

모임을 갖는 동안 원기 녀석은 짜증을 내기도 하고 울기도 많이 울었다. 그럼에도 이게 다 원기를 위한 일이라고 믿었기에 우리 부부는 그 시간들을 견뎌냈다. 선배 목사님은 우리 부부에게 철저하게 잘못을 뉘우치는 회개기도를 해야 한다고 말씀하셨다. 그런데 아내는 무척 힘들어 했다.

"여보, 도대체 무슨 회개기도를 해야 해? 더이상 기도할 게 없어요."

"그냥 기도를 하다 보면 회개할 게 떠오를 거야."

말도 안 되는 이유를 들이대며 아내를 설득하고 또 설득했다. 정말 하루 종일 기도했다. 그러던 어느 날 선배 목사님은 원기에게 축사를 할 때가 되었다고 말씀하셨다. 기독교에서 흔히 사용하는 용어인 '축사'는 인간의 영혼에 들어 있다고 믿는 '악한 영'을 물리치는 기도다.

선배 목사님이 그리 말씀하셨지만 내 마음은 왠지 불편하고 불안했다. 드디어 기도하는 날이 왔고, 그날따라 원기는 처음부터 칭얼대기 시작했다. 선배 목사님 내외분은 비장해 보였다. 함께 기도하다가

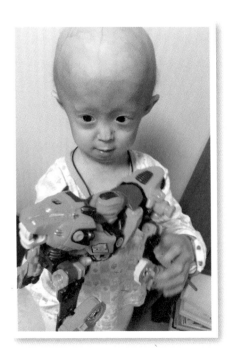

때가 되었다고 생각하셨는지 목사님께서 원기를 향해 크게 소리를 내면서 기도하셨다.

그런데 그 목소리가 원기 녀석의 심기를 제대로 건드렸다. 원기는 기도 소리에 질세라 더 큰 소리로 울어댔다. 옆에서 지켜보는 나와 아내는 마음이 너무 불편하고 무슨 일이 일어날 것만 같아 조마조마했다. 원기는 마치 숨이 넘어갈 듯 소리를 질렀다.

소아조로증을 앓는 아이는 지방이 거의 없어서 피부가 매우 얇다. 그래서 두피나 얼굴 군데군데에서 혈관이 보여 푸른빛이 난다. 선배 목사님은 그 푸른빛이 악한 영이 작용하는 곳이라면서 그 부분을 향해 더 큰 소리로 기도하셨다. 원기는 이미 땀으로 범벅이 되었다. 너무나 혼란스러웠지만 원기를 위한 일이라고 생각했기에 끝장이 날 때까지 계속해야 한다고 끊임없이 마음을 다잡았다. 그렇지만 원기의 상태를 보니 더이상 지속하기가 힘들 것 같았다. 감당하기 어려운 순간이었다. 극단적인 두 마음이 동시에 폭발하기 일보 직전이었다. 다 그만두고 싶은 마음과 어떡하든 원기를 위해 더 기도하고 싶은 마음…. 그 순간이었다. 원기와 눈이 마주쳤다. 시간이 멈춘 듯했다. 원기는 눈으로 나에게 말하고 있었다.

'아빠, 너무 힘들어. 이제 더이상 못 견딜 것 같아. 그만하자, 아빠. 제발!'

원기는 분명 눈으로 말했고, 나 역시 원기에게 눈으로 말해주었다.

'그래, 원기야. 미안하다. 아빠가 그만할게. 너무 힘들었지?'

나도 모르게 원기를 안고 목사님께 말했다.

"목사님, 그만하셔야 할 것 같아요. 원기가 너무 힘들어해서요. 다음에 좀더 하시죠."

기도가 멈추자 원기는 언제 그랬냐는 듯 울음을 그쳤고 너무 피곤했는지 바로 잠들었다. 목욕을 시켜줄 겨를도 없었다. 땀이 아직 다 마르지 않았는데도 너무나 곤하게 자고 있는 원기를 보았다. 그리고 마음으로 말했다.

'원기야, 아빠가 너에게 뭘 한 거니….'

불안하고 불편했던 마음은 저녁이 다 되어서야 가라앉았다. 하지만 머리는 아직도 혼란스러웠다.

'모든 게 원기 녀석을 위한 일이라고 믿었는데, 그리고 내 신앙을 다시 한 번 점검하는 시간이라고 믿었는데 허무한 마음이 드는 건 왜일까.'

정말 어리석었던 건 그때 원기의 병이 나은 것으로 믿었다는 것이다. 선배 목사님도 그렇게 말씀해주셨다. 아니, 비록 허무하게 느껴졌고 뭔가 불편했지만 꽤 오랫동안 신앙인으로 훈련받아왔고 내가 믿는 신을 신뢰했기에 그렇게 믿고 싶었던 건지도 모르겠다. 그래야 내가 살 수 있기 때문이다.

#1
산타클로스를 믿는 믿음

믿기 어렵겠지만 나는 초등학교 6학년 때까지 산타클로스가 있다고 믿었다. 부모님이 그때까지 사실을 말해주지 않았다. 다른 건 엄격하고 냉정하셨는데, 이 부분은 왜 말해주지 않은 건지 신기할 뿐이다.

크리스마스 전날 일찍 잠들었다가 다음 날 아침에 일어나보면 머리맡에 산타할아버지가 주신 '선물'이 항상 놓여 있었다. 정말 믿을 수밖에 없었던 건 당시 가장 인기 있던 장난감을 선물로 받았기 때문이다. 엄격한 부모님은 절대 사주지 않을 태권브이 로봇 같은 꿈의 장난감을 받았으니 산타의 존재를 철석같이 믿을 수밖에.

나이가 들어 결국 산타의 정체를 알게 되었지만, 그래도 크리스마스가 가까워지면 아직도 설렌다. 아내와 나는 원기와 수혜가 스스로 산타의 존재를 알게 될 때까지 아이들의 믿음을 지켜주기로 했다. 크리스마스 전날에는 아이들을 일찍 재우면서 "너희들이 일찍 잠들어야 산타할아버지가 올 수 있다"라고 말해준다. 원기와 수혜는 어쨌든 선물을 받기 위해서라도 이 말에 토를 달지 않는다. 아이들이 깊이 잠든 걸 확인하면 우리는 작업에 들어간다. 나와 아내가 준비하는 성탄절 선물의 특별함은 '산타할아버지의 편지'에 있다. 선물과 편지를 함께 주는 것이다.

아내는 산타할아버지가 직접 쓴 것처럼 편지를 쓴다. 선물 위에 편지를 올려놓고 한구석에 놔두면 이 녀석들은 일찍 일어나 편지와 선물을 보고 소리를 지르며 좋아한다.

"아빠, 산타할아버지가 선물을 주셨어! 언제 오신 거야? 아빠는 봤어? 얼마나 있다가 가셨어?"

정말 신기해하며 물어본다. 올해는 만화로 된 상식백과를 선물했다. 작년까지는 장난감을 사줬는데, 한동안 놀다가 싫증내는 걸 여러 해 봐서 좀더 오랫동안 아이들이 간직할 수 있는 걸 주고 싶었다.

성탄절 며칠 전에 수혜가 갑자기 이런 말을 했다.

"아빠, 산타할아버지는 말야, 산타가 있다고 믿는 사람들에게만 선물을 준대."

누구한테 들었는지 기가 막힌 말을 한다. 믿음이란 수혜처럼 정말 순수한 마음으로 간절하게 바라는 게 아닐까.

"그렇구나, 수혜야. 그럼, 우리 수혜는 선물 받을 수 있겠네?"

안녕? 원기. 1년 동안 잘 지냈
지요? 한 해를 수고하여 보낸
선물을 드립니다. 늘 원기를
응원하고 있으니 씩씩하게 지내
야 해요! 2016년을 보내며 San-
ta가 원기에게 *Merry Christmas*

"당연하지! 아빠, 근데 친구들 중에는 안 믿는 애들도 있다? 걔네들은 못 받을 거야. 에휴."

웃음이 나오는 걸 겨우 참았다. 수혜의 순수한 마음이 오랫동안 간직되었으면 좋겠다.

아이들의 성탄 선물을 준비하면서 만약 산타클로스가 있다면 나도 꼭 부탁하고 싶은 게 있다는 생각을 했다. 지금까지 원기는 한 번도 머리카락이 수북하게 난 적이 없다. 원기에게 가발이 아닌 진짜 머리카락을 주셨으면 좋겠다. 그것도 아주 많이. 원기가 성탄절 아침에 자기 머리에 엄청나게 많은 머리카락이 있는 걸 발견한다면 어떤 표정을 지을까. 어떤 말을 할까.

"아빠, 이것 봐! 산타할아버지가 내 머리에 머리카락을 이만큼 심어주고 가셨어. 대박이야, 대박!"

녀석은 분명 이렇게 소리 지를 것이다.

얼마나 좋아할까. 얼마나 신기하고 자랑스러워할까.

이렇게 말할 수 있는 그런 날이 올까.

그때까지 원기는 살아 있을 수 있을까.

#2

종이비행기

텔레비전 프로그램에 종이비행기를 날리는 이승훈 씨가 나왔다.
원기는 자기도 종이비행기처럼 훨훨 날아다녔으면 하는 것 같다.

#3

넘.사.벽. 120센티미터

원기를 데리고 놀이동산이나 키즈파크에 가면 늘 원기의 '넘사벽'과 마주한다. 키 120센티미터다. 원기도 다른 아이들처럼 놀이기구를 타고 싶어 한다. 그런데 막상 놀이기구 앞에 가면 안내하시는 분이 묻는다.

"꼬마는 키가 120센티미터 넘나요?"

이 말을 들으면 원기는 아무 말도 하지 않는다. 얼굴은 금세 시무룩해진다. 그렇게 따지기 좋아하고 우기기 좋아하고 소리 지르기 좋아하는 녀석이 잠잠하다. 그러곤 이렇게 말한다.

"아빠, 그냥 집에 가자. 나 집에서 게임이나 할래."

어떻게 해야 할지 난감하고 속상하기만 한 순간이다. 내가 안고 타면 안 되겠냐고 물어본 적도 많다.

얼마 전에는 아이들이 직업을 체험해볼 수 있는 테마파크에 갔다. 원기는 가장 먼저 레이싱을 해보고 싶다며 레이싱 체험장으로 달려 갔다.

"와, 진짜 재밌겠다!"

유난히 들뜬 목소리였다. 정말 기분이 좋아 보였다. 그런데 여지없이 그 원망스러운 질문이 원기에게 향했다.

"우리 어린이는 키가 120센티미터 넘나요?"

"아니요."

"죄송합니다. 120센티미터가 넘어야 안전하게 레이싱을 할 수 있습니다."

매번 그렇듯 원기는 아무 말도 하지 않고 뒷걸음질 쳤다. 그럴 때면 '기대에 부풀어 있던 원기에게 또 큰 실망을 안겨주었다'라는 생각이 들면서 마음이 무척 쓰리다.

"아빠, 나 집에 가면 안 돼?"

"원기야, 여기 재밌는 거 많아. 다른 데 가보자, 어서."

하지만 원기는 한참을 머뭇거리며 그냥 집에 돌아가고 싶어 했다. 이럴 땐 혼낼 수도 없다. 원기의 마음을 이해하니까.

겨우 원기를 달래 다른 곳으로 향했고, 다행히 원기가 흥미를 가질 만한 것들이 나와 원기 기분도 풀어졌다. 집으로 돌아오면서 원기는 웃으며 말했다.

"어휴, 아까는 진짜 집에 가려고 했어. 근데 다른 데 가보니 재밌는
게 많더라. 다행이야."

이렇게 말하며 웃어넘기는 원기가 얼마나 대견한지. 얼마나 고마
운지….

집으로 돌아오면서 별생각을 다 했다. 키높이 깔창을 대면 120센
티미터는 조금 넘을 수 있을 것 같은데…. 다리를 억지로 잡아당겨
10센티미터만 더 키우면 116센티미터니까 운동화를 신으면 120센
티미터는 넘을 수 있을 텐데….

그날 집으로 돌아와 원기를 눕혀놓고 다리를 힘껏 주물러주었다.
녀석은 왜 이렇게 세게 주무르냐며 투덜댄다. 나는 속으로 말한다.

'혹시 아니? 이렇게 주무르면 키가 조금이라도 커질지.'

원기는 소아조로증을 앓는 아이들 최초로 120센티미터를 극복할
수 있을까?

내 키에서 떼어줄 수만 있다면 정말 기꺼이 떼어주고 싶다.

원기의 돌잔치

원기의 돌잔치는 감격스러웠다. 첫아이를 남다르게 생각하는 것은 모든 부모가 똑같을 것이다. 하지만 나와 아내에게 원기의 돌이 더 특별했던 이유가 있다. 결혼을 해서 가정을 꾸려나가기에는 자격이 없다고 생각했던 내가 뜻하지 않게 결혼이라는 걸 했고, 원기라는 소중한 아이까지 얻었기 때문이다. 아내와 나는 원기가 세상에 나오기까지 밤마다 이야기를 나눴다.

"우리가 아이를 잘 키울 수 있을까? 내가 아이 아빠가 될 자격이 있을까?"

아내는 결혼 전에 돌아가신 아버지에게 종종 기도했다.

"아빠, 하늘에 잘 계시죠? 아이가 건강할 수 있게 해줘요."

생각해보니 원기가 태중에 있을 때 우리는 원기를 '튼튼이'라고 불렀다. 단지 건강하기만을 바라서 붙인 이름이다. 하지만 세상에 나온 원기는 고약한 녀석이라 그랬는지 우리의 간절한 바람을 저버렸다. 태어난 지 6개월 만에 경피증 의심 진단을 받고 무척 애를 태웠으니 말이다.

돌잔치를 하지 않으려 했지만 그냥 넘어가기에는 아쉬워서 양가 식구만 불러 조촐하게 진행하기로 했다. 그때 불렀던 노래가 있다. 부르면서 얼마나 뭉클했는지 그 자리에 모인 모든 사람의 눈시울이 붉어졌다.

"하나님은 원기 지키시는 자. 원기 우편에 그늘 되시니. 낮의 해와 밤의 달도 원기 해치 못하리. 하나님은 원기 지키시는 자. 원기 환란을 면케 하시니. 그가 원기 지키시리라. 원기 출입을 지키시리라."

기도처럼 간절한 바람으로 불렀다. 너무나 감동적이었다. 온 가족이 원기의 건강을 놓고 다시 한 번 기도했다. 하지만 그 바람은 잠시뿐이었다. 돌이 지나고도 원기는 여전히 머리 뒷부분이 닫히지 않아 물컹했다. 몸에 비해 머리가 큰 편이었는데 걸음마를 시작한 원기가 자꾸 뒤로 넘어지는 걸 보면서 크게 다치지 않을까 무척 걱정이 되었다.

아내와 나는 상의 끝에 원기를 동네 병원에 데려가보기로 했다. 그런데 병원 의사가 큰 병원에 가야 할 것 같다며 지난번처럼 또다시 소견서를 써주었다. 소견서에는 수두증이 의심된다고 쓰여 있었다. 일

반적인 아이들은 돌이 지나면서 성장이 시작되지만 소아조로증 아이들은 '노화'가 진행된다. 그래서 원기는 머리에 비해 몸이 따라주지 않았던 것이다. 아내와 나는 이왕 병원에 가야 한다면 가장 큰 대학병원에 가기로 결정했다.

먼저 대학병원에 문의했더니 한 달 이상 기다려야 한다는 답을 받았다. 마음이 급한 우리는 일단 응급실에 가서 무작정 기다리기로 했다. 병원에 가는 내내 어떤 결과가 나올지 무척 초조하고 불안했다. 그런데 막상 응급실에 도착하니 그런 마음을 느낄 겨를이 없었다.

그야말로 응급실은 정신이 하나도 없는 곳이었다. 내가 생각했던 것과는 비교할 수 없을 만큼 급박하고 처절한 현장이었다. 돌이 막 지난 원기가 제대로 누울 자리조차 없었다. 우리처럼 생각한 많은 사람이 일단 여기로 모인 것 같았다. 어린이 응급환자들과 일반 응급환자들이 비좁은 하나의 응급실에 뒤엉켜 있었다. 반나절 동안 그곳에 있으면서 집으로 돌아가고 싶은 마음이 목구멍까지 차올랐지만 애써 참았다. 그렇게 밤까지 기다려 겨우 침대 하나를 배정받을 수 있었다. 그나마 원기가 편하게 있을 공간을 확보한 것이다.

그렇게 하루가 지났다. 아내와 나는 원기를 눕혀놓은 침대 옆에서 잠들었다. 한밤중에도 검진은 계속되는 것 같았다. 원기 검사는 다음 날 오전 일찍부터 시작되었는데, 아침이라 그런지 응급실이 조금 여유가 있는 듯 보였다. 그럼에도 엑스레이를 찍고 피를 뽑는 등 검사를 받기 위해 돌아다니는 건 쉬운 일이 아니었다. 그날 밤이 되어서야 의사 선생님이 우리 가족을 불렀다. 응급실 행의 주 목적이었던 MRI 검사를 받는 순서였다. 원기는 너무 어려서 수면마취를 하기로 했다. 검사실에는 보호자도 들어가야 했다. 혹시 기계 소리가 너무 커서 아이가 수면마취에서 깨면 경기를 일으킬 수 있어서다. 처음에는 원기 엄마가 들어가려 했는데 대기하던 분이 엄마는 나중에라도 임신할 수 있으니 아빠가 들어가는 게 나을 거라고 말해주어 내가 대신 들어갔다.

　원기는 조그마한 통 안에 누워 있었는데, 귀와 머리 윗부분은 충전재로 막아놓았다. MRI 촬영을 하는 동안 잠든 원기를 보고 있자니 다 그만두고 싶을 정도로 마음이 힘들었다. 직원분이 검사 기계 소리가 너무 커서 귀마개를 꼭 해야 한다며 나에게도 귀마개를 주었다. 그 큰 기계에 원기와 나만 남자 검사 기계가 돌아가기 시작했다. 정말 큰 소리가 났다. 원기가 깨어나서 운다 해도 그 소리를 듣지 못할 것 같았다. 그래서 귀마개를 뺐더니 마치 머리가 울리는 듯하게 소리가 요란스러웠다. 그럼에도 온 신경을 기울여 원기만 바라봤다. 한참 뒤에 가냘픈 원기의 울음소리가 들렸다. 원기는 울다가 다시 잠들었는데 너무 힘들어 보였다. 그렇게 검사를 마치고 응급실로 돌아온 원기와 나는 긴장이 풀려 피곤했는지 정말 기절하다시피 잠이 들었다.

다음 날, 원기는 아무 이상이 없다는 소견을 받았다. 피검사 결과는 추후에 듣기로 했다. 다만 아이 치고 피부가 너무 붉고 단단한 것은 이해가 가지 않는다면서 피부과에 들러 조직검사를 해보면 어떻겠냐고 권했다. 생살을 조각으로 뜯어내야 하는 검사였는데 아내는 절대 안 된다며 고개를 저었다. 그럴 만했다. 원기의 기절할 듯한 울음소리를 다시 듣고 싶지 않았던 것이다.

응급실에 갈 때는 원기에게 아무 이상이 없다는 소리를 듣기만을 바라며 얼마나 초조했는지 모른다. 그런데 막상 이상이 없다는 소견을 들었는데도 마음은 그리 기쁘지 않았다. 이상하게 마음이 무거웠다. 버스를 탈 기운조차 없어 택시를 탔는데, 가운데 앉은 녀석은 집에 간다는 걸 알았는지 연신 자리에서 앉았다 섰다를 반복했다. 점프를 하려는 듯했다.

"원기가 정말 나오고 싶었나봐."

아내와 나는 웃다가 마음이 아파 울기를 반복했다.

응급실에 다녀온 지 2주 뒤에 아내가 임신했다는 사실을 알게 되었다. 그 말을 들은 순간 MRI 검사실에서 있었던 일이 떠올라 가슴이 철렁했다. 그때 아내가 내 대신 들어갔다면 어찌 되었을까. 수혜가 세상에 나올 때까지 우리는 또 얼마나 가슴을 졸였을까. 그 순간 우리에게 조언해준 그 아주머니에게 뒤늦게 고마운 마음이 들었다. 어쩌면 배 안에서 자라던 수혜가 건강하게 자라고 싶어 스스로 몸부림 친 건 아니었을까 하는 생각도 든다.

사람 일이 마음먹은 대로 이뤄지지 않는 건 세상사 이치인 걸까? 응급실에서 보냈던 고통스런 사흘은 이후 닥칠 오랜 여정의 시작에 불과했다는 걸 그때는 미처 알지 못했다.

#1

윤니의 노래

원기가 정말 갖고 싶어 하는 건 머리카락이다. 당연히 있어야 할 것들이 원기에게는 없거나 부족하다. 시간이 갈수록 동생 수혜와 키 차이가 나는 것도 그렇고 손발톱도 온전하지 못하다. 그래도 원기가 가장 신경 쓰는 곳은 머리다.

종종 원기는 텔레비전을 보면서 남자 아이돌이 나오면 이렇게 말하곤 한다.

"나도 염색하고 싶은데, 나도 파마하고 싶은데…."

그럴 땐 솔직히 뭐라고 말해줘야 할지 모르겠다. 그래도 분위기가 가라앉을까봐 나는 이렇게 말해준다.

"그래, 원기야. 그렇게 하자. 꼭 그렇게 하자."

원기는 다시 아무렇지도 않은 듯 깔깔거리지만 아빠인 나는 그럴 때마다 마음이 무거워진다. 할 수만 있다면 무엇이든 해보고 싶은 심정이다. 원기가 수영장이나 길거리에서 자기를 쳐다보는 사람들의 시선에 짜증을 낼 때마다 그런 마음은 더 간절해진다. 원기도 다른 아이처럼 외모에 신경 쓰는 나이가 되어가는 것이다.

한번은 우리 가족의 이야기를 방송에 내보내기 위해 한참 촬영하고 있을 때였다. 자꾸 카메라를 의식하는 원기를 배려하기 위해 담당 피디는 작은 카메라를 주고 자연스럽게 가족의 일상을 담아보라고 제안했다. 나는 함께 저녁을 먹고 이야기하는 시간을 담아보고 싶었다. 식사 후 아이들이 좋아하는 아이스크림을 먹으면서 내가 대화를 시작했다.

"원기야. 원기는 가장 갖고 싶은 게 뭐야?"

정말 아무 생각 없이 물어보았다. 원기가 장난감을 갖고 싶다고 말할 줄 알았다. 신나게 말하는 모습을 찍어보려 했는데 예상 밖으로 원기가 울먹였다.

"사실, 나는, 머리카락이 갖고 싶어. 아이들이 놀리는 것도 지겨워. 나도 거울 보면서 머리 만지고 싶다고…"

녀석은 말하다 감정이 복받쳤는지 펑펑 울기 시작했다. 아차, 싶었다. 어떻게 수습해야 할지 난감했다. 한참을 멍하니 있었다. 그때 분위기를 반전시킬 만한 기막힌 생각이 떠올랐다.

"자! 슬퍼하는 원기를 위해 우리 재밌는 동화를 만들어보자. 원기에게 머리카락이 많이 나는 내용으로 말야."

내가 제안을 했으니 먼저 시작했다.

"머리카락이 없는 원기는 너무나 머리카락이 갖고 싶어서 여행을 떠나기로 했습니다. 머리카락을 얻을 수 있는 여행 말이에요."

아내가 거들었다.

"처음 부분이 좀 어색하니까, 음, 모자가 많은 원기는 밤마다 모자를 쓰고 거울에 자기 모습을 비춰봅니다. 하지만 머리카락이 정말 갖고 싶었던 원기는 모자를 벗고 몰래 주어온 머리카락을 꺼내 머리에 대어봅니다."

내가 다시 받았다.

"이 모습을 본 천사는 원기의 모습이 무척 안타까웠습니다. 그래서 원기가 잠이 들자 꿈에 나타나 원기에게 말합니다. '원기야, 머리카락 여행을 떠나보지 않을래? 가족과 함께 여행을 하다 보면 머리카락을 얻을 수 있을 거야.'"

원기의 얼굴이 점점 밝아졌다. 수혜도 뭔가 말하고 싶어서 이런저런 얘기를 꺼냈다. 그렇게 우리 가족만의 동화가 완성되었다.

이야기는 원기에게 머리카락을 준 생명체들을 위해 원기가 노래를 불러주는 것으로 끝난다.

원기의 노랫소리는 언제나 어린 소년의 목소리 같다. 변성기가 오지 않기 때문이다. 어릴 때 원기는 자기 이름인 '원기'를 '욘니'라고 발음했다. 그 '욘니의 노래'가 언젠가는 많은 사람에게 따뜻하고 아름다운 위로가 되었으면 좋겠다.

#2

등 긁기

잠들 때 등을 긁어달라는 아들. 불현듯 아버지 등을 긁어주던 어릴 적 내 모습이 떠올랐다.

조심스럽게 아들의 등을 긁어준다.

피부가 거칠다.

행복하게 잠든 아들아, 내 등은 누가 긁어줄까?

#3

새 학년이 시작될 때마다
겪는 문제들

아이들은 새 학년이 시작될 때 선생님은 누구일지, 어떤 친구와 같은 반이 될지 궁금해 한다. 아이들은 바람대로 되면 좋아하고 그렇지 않으면 한동안 토라진다. 그게 아이들의 일반적인 모습이다. 원기와 수혜도 별반 다르지 않다. 하지만 원기에게는 늘 겪는 또다른 문제가 있다. 원기는 키가 거의 자라지 않고 언제나 모자를 쓰기 때문에 새로 알게 된 친구들이나 전학 온 아이들이 원기를 자꾸 쳐다본다거나 수군거린다. 결국 이런 문제 때문에 대안학교를 선택했지만 그 학교라 해도 그런 일이 전혀 없는 건 아니다. 새 학년 초에는 어쩔 수 없이 겪어야 할 일이다.

원기는 열두 살, 이제 5학년이 되었다. 원기가 다니는 학교에서는

5학년이 초등 과정의 마지막 학년이다. 맏형이니 동생들에게 거드름을 피우고도 싶을 텐데, 원기는 늘 고만한 키라서 1학년 신입생들보다 작거나 비슷하다.

올해도 여지없이 새로 입학한 아이들 중에 원기를 보고 수군대는 아이가 있었다고 한다. 선생님이 원기에게 늘 관심이 있어서 그 모습을 직접 보았다. 원기 녀석이 집에 와서는 눈물을 글썽거리면서 학교에서 있었던 일을 이야기했다. 그러고는 계속 투덜댔다.

"멍청이들, 바보들, 왜 쳐다보는 거야!"

아내가 원기에게 한 마디 했다.

"원기야, 학교에서 그 아이들 보고 직접 말해야지, 집에 와서 말하면 무슨 소용이니?"

원기는 그 말이 무척 섭섭한 모양이었다.

"식구들한테 말하지, 누구한테 말해. 가족들이 내 얘기를 들어줘야지!"

짜식, 입은 살아가지고.

아이들하고 있으면 원기는 아직도 주눅이 드는 것 같다. 저녁에 가족이 모여 원기와 이야기를 나눴다. 아빠인 내가 말해주었다.

"원기야, 이제는 네가 5학년이 되었고 학교에서는 큰형이야. 그러니까 누가 수군대면 더이상 울지 말고 그 아이한테 가서 말해. '뭘 봐! 이 새끼야!' 이렇게."

기분 좀 풀어주려고 농담을 건넸지만 원기 답은 매몰차다.

"아빠, 닥쳐!"

하여간 아빠인 내가 제일 만만하다. 원기에게 다시 말해주었다. 이제는 원기가 아이들이 놀리는 것 같고 수군거리는 것 같은 그런 상황들을 여유 있게 받아서 오히려 자신감을 가지고 다가갈 때가 되었다고. 누구나 약점을 가지고 있는데, 그걸 어떻게 받아들이고 극복하느냐에 따라 멋진 사람이 될 수 있다고.

알아듣는 건지 마는 건지, 원기는 아무튼 고개를 끄덕였다.

원기에게는 큰 숙제다. 나도 이제부터는 너무 나서지 않아야겠다고 다짐했다. 원기가 어느 정도 스스로 감당해야 하는 일이기 때문이다. 그래야 원기가 성장할 수 있으니까. 스스로 헤쳐가야 할 나이가 되었으니까.

물론 힘들고 때로는 자신감도 떨어질 것이다. 그래도 우리는 가족이니까 원기가 이겨내기를 응원할 거다. 원기를 정말 사랑하니까.

원기 스스로 세상을 살아갈 힘을 점점 키워나갈 수 있기를 아빠는 응원한다.

원기와의 1박 2일

돌이 지난 원기가 응급실에서 온갖 검사를 받으면서 얼마나 힘들어했는지 잘 보았기에 그리고 병원이라는 곳이 정신적으로 견디기힘든 곳이라는 걸 알았기에 더이상 원기를 병원에 데리고 가서 검사받지 않기로 나와 아내는 다짐했다.

아내는 그 기억이 너무 힘들었는지 나보다 더 독하게 마음을 먹은듯했다. 가끔 아내와 원기에 대해 이야기하면서 병원 이야기를 꺼내면 아내는 한사코 거부감을 드러냈다.

"여보, 그때도 원기 고생만 하고 아무 이상이 없었잖아요. 원기는괜찮을 거니까 괜히 원기 힘들게 하지 말자고요."

아내는 원기가 검사 때문에 오히려 잘못되지는 않을지 마음이 조마조마했다고 한다. 그럼에도 원기에게 뭔가 이상이 있는 것 같은 느낌이 너무나 강하게 들었다. 그때는 원기와 수혜 둘 다 어렸기에 모두 한 방에서 잤다. 나는 교회 일로 새벽에 나가 한밤이 되어서야 들어왔기 때문에 아이들 자는 모습만 볼 수 있었다. 원기가 잠든 모습을 볼 때마다 왜 그리 마음이 불안했는지 잠든 원기를 붙잡고 정말 간절하게 기도하곤 했다.

"하나님, 우리 원기가 건강하게 자라도록 해주세요."

하지만 그렇게 기도해도 다음 날 잠든 원기를 또 보고 있으면 불안감이 물밀 듯 밀려왔다. 신앙인들은 아무리 힘든 상황이어도 부정적으로 생각하지 않으려 한다. 행여 그런 부정적 생각으로 '하나님의 은혜'를 받지 못할까 싶어서다. 나 역시 그런 불안감을 애써 외면하려 했다. 되도록 좋은 방향으로만 생각하려고 애썼다. 그렇게 나 자신과 끊임없이 싸우고 있을 때였다. 일하는 교회에 간호사로 근무하는 성도님께서 나를 찾아오셨다.

"저, 목사님, 원기를 전체적으로 검사해보는 게 어떨까 싶어요. 저희 병원에 소아과 교수님께 미리 말해놓을 테니 한번 찾아오세요. 이런 말 드려 죄송해요."

이미 아내에게도 말해두었다고 한다. 원기가 이상이 있어 검사하는 게 아니라 '성장클리닉' 정도로 생각하라며 아내를 설득해놓은 것이다. 차라리 잘 되었다고 생각했다. 제대로 검사받고 불안한 느낌을 떨쳐버리고 싶었다.

예약한 날이 되어 원기를 데리고 춘천의 한 대학병원으로 향했다. 담당 선생님은 원기를 이리저리 살피더니 사진을 찍어야겠다고 하셨다. 원기의 서 있는 사진과 양손 그리고 머리 부분을 주로 찍으셨다.

"일주일 뒤에 다시 오셔야겠습니다."

선생님께서는 이렇게만 말씀하셨다. 불안했지만 분명 원기를 하나님께서 건강한 아이로 자라게 해주실 것이고, 문제가 있다면 치료하면 된다고 애써 마음을 다스렸다.

일주일은 금세 지나갔다. 원기와 아내와 함께 다시 병원을 찾았다. 선생님은 매우 담담하고 차분하게 우리에게 말씀해주셨다. 원기가 소아조로증을 앓고 있다고. 그리고 좀더 세부적인 검사를 위해 입원해야 한다고. 충격적이었던 건 처음 원기를 봤을 때부터 소아조로증을 앓고 있다는 걸 알았고, 다만 더 확실히 하기 위해 사진을 여러 장 찍어 분석했다는 것이다.

내 아들 원기가 우리나라에 단 한 명뿐인, 그래서 이름조차 생소한 소아조로증을 앓고 있다는 것을 알게 된 순간 나도 모르게 울먹이며 의사 선생님께 말했다. 아니, 중얼거렸다.

"그랬군요. 그랬군요. 어쩐지 뭔가 이상했어요. 그래서 원기가 머리카락이 안 났군요…."

늘 원기에게서 느껴졌던 이상한 그 무언가의 실체를 결국 알게 된 것이다. 원기에 대한 그 찜찜한 느낌은 역시 틀린 게 아니었다.

의사 선생님은 잔인하리만큼 냉정하고 침착했다. 소아조로증 아이들은 대부분 10세 이전에 사망하고 아무리 길어도 10대 중반을 넘기지 못한다는 이야기를 조심스럽게 해주셨다. 그렇게 말하는 선생님을 원망할 겨를도 없었다. 반쯤 넋이 나간 상태로 원기의 입원 수속을 마쳐야 했다.

한편으로는 배신감이 끓어올랐다. 내가 믿는 신에 대한 배신감…. 신에게 헌신하며 살았고 그게 신의 뜻이라 받아들였다. 그러면 언젠가 원기가 건강해질 거라 믿었다. 불안감이 들 때면 내 믿음이 부족해서라고 수없이 마음을 다잡았다. 주위 사람이 원기를 걱정할 때마다 쓸데없는 소리 하지 말라며 애써 외면했다. 그들도 불안해서 그랬겠지만, 어쨌든 조금이라도 부정적인 생각을 하면 마치 부정을 타기라도 할 것 같은 절박한 심정이었다. 그리고 항상 감사해야 한다고 믿었다. 그래서 아무 일에나 다 감사했다. 이런 억지 같은 상황이 불편했고 나 스스로도 이해되지 않았지만 어쨌든 견뎌냈다. 언젠가는 원기가 좋아지겠지 하면서.

그런데 그 모든 것들이 한꺼번에 무너져 내렸다. 내가 신에게 용서받지 못할 죄를 지어서 신의 분노가 내 아이에게까지 미쳤다는 생각이 들자 마음을 주체할 수 없었다.

그날 밤 원기와 나는 병원에서 마련해준 1인실에 입원했다. 엄마와 떨어지지 않으려는 원기였기에 엄마가 원기 곁을 지켜야 했지만 세 살이던 수혜를 내가 돌볼 여력이 없었다. 어쩔 수 없이 내가 원기와 함께 있기로 했다. 한시도 엄마 곁에서 떨어지지 않으려던 녀석이 조용히 있는 걸 보면 녀석도 뭔가 눈치 채고 있는 듯했다. 그렇게 처음으로, 뜻하지 않게 원기와 1박을 하게 되었다. 원기가 좀 자라면 함께 1박으로 꼭 여행을 가고 싶었다. 이런 걸 원한 게 아니었다.

어린 시절 아버지가 위암 수술을 받으셔서 내게는 아버지와 함께한 추억이 별로 없다. 내 아들에게는 꼭 그런 추억을 만들어주고 싶었다. 그랬기에 원기와 함께 병실에서 잠들어야 하는 기막힌 상황을 어떻게 받아들여야 할지 혼란스럽기만 했다.

원기에게는 뭐라고 해줄 말이 없었다. 의사 선생님은 원기의 병이 워낙 희귀한 질환이고 국내에서는 아직 연구되지 않았기에 원기의 병명과 대부분 10대에 사망한다는 것만 알려주었을 뿐 더이상 어떤 설명도 해주지 않았다. 다음 날 조로증 확진을 위한 검사를 진행한다고만 말해주었다.

약도 없고 치료법도 없고 우리나라에 단 한 명뿐인, 전 세계에도 채 100명이 안 되는 그런 병을 내 아들 원기가 앓고 있다니, 도저히 믿기지 않았다.

시간이 얼마나 지났는지도 몰랐다. 다음 날 아침 일찍 검사가 시작

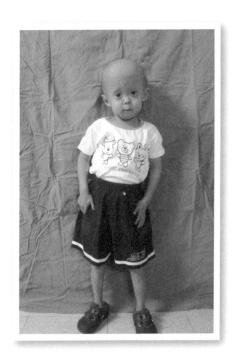

되기 때문에 원기를 일찍 재워야 했다. 병실 불을 끈 뒤 원기 옆에 누웠다. 원기와 둘이 병실에 있자니 분노와 아픔이 더 세게 밀려왔다. 주체할 수가 없었다. 원기를 재우면서도 원기가 잠들었는지 확인조차 못했다. '어떡하지. 어떡하지. 어떡해'라고 속으로 계속 외칠 뿐이었다. 그제야 원기도 뒤척인다는 걸 알았다. 녀석도 잠을 못 이뤘던 것이다.

그때 원기와 내가 있는 병실로 누군가 들어왔다. 내 속마음을 털어놓을 수 있는 친한 형이었다. 병원에서 진단 결과를 듣고 형에게 전화하자 단숨에 달려온 것이다. 형은 아무 말 없이 내 곁을 지켜주었다. 멀리서 달려와준 형에게 원기를 맡겨놓고 잠시 밖으로 나가 하늘을 보았다. 신께 따지듯 물었다.

"미친 거지, 당신!"

도저히 받아들일 수 없었다. 뭐든 하나님의 섭리를 따라야 한다고 말하고 믿어왔는데, 그런 것들이 얼마나 피상적이었는지 깨달았다. 생과 사의 갈림길에서 처절하게 몸부림치는 사람에게 하나님의 뜻을 운운한다는 것이 얼마나 말도 안 되는 짓인지 뼈저리게 체험했다.

내가 죄를 지었다면 나에게 벌을 내려야지, 왜 내 아들에게 벌을 내리는 거냐고, 너무 비겁하고 이해할 수 없다고 수없이 소리쳤다. 신을 향한 분노와 원기에 대한 연민 때문에 마음을 가눌 수 없었다.

병실에 돌아오니 원기가 계속 뒤척였다. 다섯 살밖에 안 된 녀석이

껑껑대는 걸 보니 지금 이 현실이 믿기지 않았다. 원기는 항상 엄마 곁에서 잠들곤 했다.

"원기야, 집에 데려다줄까? 엄마 옆에 데려다줄까?"

원기는 고개를 끄덕였다. 그 길로 형의 차를 빌려 타고 집으로 향했다. 그날 춘천에는 왜 그리 비가 많이 내렸는지 앞이 안 보일 지경이었다. 집에 도착해 원기를 아내 옆에 눕히자 원기는 거짓말같이 곤하게 잠들었다.

"여보, 나는 다시 병원으로 갈게. 혹시 병원에서 원기 찾으면 바로 데리러 올게. 무슨 일 없으면 내일 일찍 올게요."

"조심히 가요."

다시 병원으로 향했다. 여전히 억수같이 비가 내렸다.

병원에 도착하자 기다리던 형이 물었다.

"성원아, 밥은 먹었냐?"

"아니."

"밥 먹자. 먹어야 돼."

정말 밥 생각이 없었는데 근처 식당에 들려 한술 뜨기 시작하니 무척 허기가 졌다는 걸 알았다. 한 그릇을 금세 비웠다.

'그래, 결국 다 동물이야. 고상하고 특별한 것 같지만 밥 먹고 자고 싸고 그러는 거지. 내 아들이 아픈데 국밥 한 그릇을 다 처먹는구나. 동물 같은 놈.'

밥 한 그릇을 순식간에 비워낸 내 자신이 견딜 수 없을 만큼 싫었다. 다시 병실로 오니 밤새 자리를 지켜주었던 형이 정말 피곤해 보였다.

"형, 여기 침대에 누워."

"야, 너는 어디서 자려고?"

"옆에 누우면 되니까, 염려 말고 자."

그렇게 형 옆 작은 공간에 누웠지만 잠이 올 리 없었다. 아니 자고 싶은 마음이 없었다. 다시 밖으로 나가니 비는 그쳐 있었다. 미친 듯이 욕했던 신을 불렀다.

"하나님, 하나님, 하나님…."

그동안 원기를 키우며 느껴왔던 뭔지 모를 불안함이 전부 현실이 되었는데도 계속 아니라고, 아니라고, 아닐 거라고 현실을 부정했다. 신앙으로 이겨낼 수 있다고 생각했던 내 모습이 혐오스러웠다.

수많은 사람의 기도는 다 뭐였지? 내 기도가 부족하고 내 신앙이 모자라고 내가 좀더 헌신하지 않아 이렇게 된 걸까? 아니다. 그런 것 같지 않았다. 그렇다면 내가 믿는 신은 무능하고 형편없는 신이던가. 아니면 신은 원래 없는 건가…. 별생각이 다 들었다. 너무도 혼란스러웠다.

시간이 얼마나 흘렀는지 몰랐다. 피곤이 몰려왔다. 아침 일찍부터 검사를 시작해야 했기에 정신을 차리려고 병원 앞 편의점에서 커피를 샀다. 커피를 들고 나서려는데 학생으로 보이는 몇 명이 편의점으로 들어왔다. 한 명은 절뚝거렸고 친구들은 뭔가를 찾고 있었다.

"뭐 찾아요?"

"정강이에서 피가 나서 밴드를 붙이려고요."

다친 학생을 보니 피가 나는 정도가 아니라 핏줄까지 보였다. 한눈에 봐도 꿰매야 할 것 같았다.

"이건 밴드를 붙여서 될 일이 아닌 것 같아요. 얼른 병원 응급실 가세요!"

어떻게 된 거냐고 물었더니 술을 먹고 홧김에 유리병을 깨다가 정강이를 베였다는 것이다. 속으로 정말 철없는 애들이라는 생각이 들면서도 한편으로는 그 아이들이 부러웠다. 그래도 응급실에서 꿰매면 회복할 수 있으니까. 원기에게도 저런 치료법이 있다면 얼마나 좋을까 싶었다.

병실로 들어와 잠깐 눈을 붙였다. 그리고 6시에 집으로 가서 원기를 데리고 왔다. 원기도 피곤했는지 오가는 내내 계속 잠들어 있었다.

비몽사몽인 원기가 처음으로 한 검사는 피검사였다. 원기는 피검사를 정말 무서워하고 싫어한다. 핏줄을 찾기 위해 팔을 묶을 때부터 원기는 난리를 치며 울부짖었다. 간호사 세 분이 붙잡아도 주삿바늘을 꽂을 수 없어 결국 내가 투입되었다.

"아버님이 원기 팔을 잡아주셔야겠어요."

두 손으로 녀석의 가녀린 팔을 잡았다. 나중에 보니 시퍼런 멍이 들어 있었다. 그 정도로 앙상한 팔이었다. 채혈을 마치고 원기를 꼭 안아주었다.

'원기야, 미안해. 미안해…'

울고 있는 원기를 안고 나도 모르게 같이 울었다. 돌이 갓 지난 원기를 데리고 대학병원에서 온갖 검사를 받을 때 다시는 이런 검사를 받지 않겠다고 다짐했는데, 또다시 반복되는 상황이 너무나 고통스러웠다. 그렇게 엑스레이와 MRI를 찍었다.

폭풍 같은 시간들이 흘렀다. 전화가 왔다.

"성원아, 나 잘 도착했어. 검사는 잘 끝났어?"

지난밤 내내 곁을 지켜주었던 형이다. 꼬박 밤을 새고 일 때문에 다시 먼 길을 가야 했다. 아침부터 걱정이 되어 전화해준 형이 너무 고마웠다.

"성원아, 괜찮아. 힘내고 또 연락할게."

형의 그 투박하고 밋밋한 말이 세상 어떤 위로보다도 내게는 큰 힘이 되었다. 걷잡을 수 없이 또 눈물이 나왔다.

지금 생각해보면 당시 나를 버티게 해준 건 내가 평생 믿어왔고 공부해온 신앙이 아니었다. 아니, 내가 잘못 알고 있던 그런 신앙이 아니었다. 사람이었다. 나만큼 아픔을 겪었던, 그래서 누구도 쉽게 말해줄 수 없는 위로를 편하게 해줄 수 있는 그런 사람.

정신없이 사흘을 보내고 교회로 출근했지만 아무것도 손에 잡히지 않았다. 가장 괴로운 건 일요일에 성도들 앞에서 설교해야 한다는 것이었다. 설교는 무조건 확신을 주어야 한다고 배웠고 그렇게 실천해왔다. 설교자가 두루뭉술하면 청중들은 혼란에 빠지기 때문이다. 더군다나 한국교회에서는 그런 설교가 당연시되었다. 혼란을 넘어 신에 대한 분노와 원망으로 가득 차 있는 나에게 설교를 한다는 것은 정말 말도 안 되는 고통이었다. 그 시간을 어떻게 견뎌냈는지 기억이 나지 않는다.

부모님께 말씀드리는 것도 큰 부담이었다. 원기가 돌이 지나고부터 2년간 부모님 댁에서 함께 살았기 때문에 두 분에게 원기는 너무나 특별한 손자였다. 그 2년간 부모님과 많이 다투기도 했지만 그러면서 더 애틋해진 것 같다. 특히 어머니가 연약한 원기에게 언제나 더 마음을 쓰셨다.

며칠 뒤 부모님을 찾아가 원기의 상태를 말씀드리니 생각했던 것보다는 충격을 덜 받으신 것 같았다. 물론 착각이었다. 집으로 돌아와 다시 통화하니 두 분도 무척 놀라신 듯했다. 부모님은 사실을 인정하려 들지 않으셨다. 아직 어려서 조로증이 아닐 수도 있다고, 검사가 잘못되었을 수 있다고 부정하셨다. 행여 검사 결과가 맞더라도 극복할 수 있을 거라는 말씀도 강조하셨다. 그런데 견딜 수 없었던 건 하나님이 나를 큰 그릇으로 사용하시려고 지금의 고난을 준 거라는 말이었다. 하나님에 대한 원망과 분노로 가득 차 있었던 내게 그 말은 더 깊은 감정의 골을 만들었다. 하나님을 포함한 내가 믿어왔던 모든 것으로부터 떠나고 싶은 심정이었다. 그러나 그 고통은 내가 온전히 감당해야 할 몫이었다. 결코 피할 수 있는 게 아니었다.

원기가 지금까지 살아주지 않았더라면, 수많은 사람이 나와 우리 가족을 위로해주지 않았더라면 과연 그 고통의 시간을 견뎌낼 수 있었을까. 그 지옥 같던 시간들을 이겨낼 수 있었을까.

#1

아버지의 눈물

　나와 아버지 사이에는 벽이 있었다. 오랜 세월 켜켜이 쌓인 감정은 쉽게 사라지지 않을 것처럼 단단해 보였다. 장남으로서 제대로 살지 못한 죄송한 마음이 항상 마음을 짓눌렀다. 아버지 기대만큼 공부도 잘하고 좋은 회사에 취직해 용돈도 두둑하게 드리고 싶었다. 그와 동시에 아버지가 나를 좀더 이해해주었으면 어땠을까 싶기도 했다. 철 없던 시절에는 아버지를 향한 이런 감정이 쌓이다가 결국 폭발해 아버지와 크게 싸운 적도 여러 번 있다. 그렇게까지 대립하고 싶지는 않았는데 감정을 조절하는 게 쉽지 않은 나이였다. 서운하기도 하면서 한편으로는 내 자신이 너무 한심해 보였다.

　세월이 흐르면서는 아버지의 모습을 있는 그대로 받아들이고 이해하는 게 내가 살 수 있는 방법이라고 생각하며 아버지에 대한 마음을 정리했다. 너무 딱딱해서 도저히 넘을 수 없는 장벽이었던 아버지.

어느새 아버지도 연세가 많아지셨다. 주름살이 눈에 띄게 늘었다. 흐르는 시간 때문일까. 문득 이전에 아버지에게 품었던 감정이 수그러들었다는 걸 느꼈다. 어쩌면 시간이 아버지를 받아들이고 이해하는 최고의 해결책이었던 것도 같다.

아버지는 원래 그런 분이 아니었다. 어릴 때만 해도 아버지는 내게 곧잘 장난을 치셨다. 내가 원기에게 하듯 말이다. 그런데 아버지의 인생에 그리고 우리 가족에게 엄청난 위기가 닥쳐오면서 아버지는 많이 달라지셨다. 아버지는 위암 3기 진단을 받으셨다. 청년이었을 때부터 좋지 않았던 위가 결혼 뒤에 더 악화되었던 것이다. 그때 나는 일곱 살이었고 둘째 동생은 다섯 살, 막내 동생은 두 살이었다.

아버지의 수술로 삼남매는 한동안 떨어져 있어야 했다. 간병을 위해 어머니가 서울에 머물러야 했기에 어린 막내 동생만 어머니와 생활하고 둘째는 큰아버지 댁으로, 나는 외가로 향했다. 어린 남매를 무려 6개월간 떨어뜨려놓아야 했던 어머니의 마음은 어땠을까.

우여곡절 끝에 가족은 다시 모였지만 아버지는 왠지 낯설었다. 많이 어두워 보였다. 말씀도 줄었고 내게 더이상 장난도 치지 않으셨다. 그 힘든 몸을 이끌고 회사에 다니는 것만으로도 아마 벅차셨을 것이다. 일을 마치고 들어온 아버지는 간단히 운동을 하고 식사를 하고 뉴스를 보는 생활을 예순이 다 될 때까지 해오셨다. 9시나 10시쯤 아버지가 주무시러 방에 들어가면 우리 세 남매는 큰 소리를 낼 수 없었다. 너무도 단순한 생활이었지만 아버지에게는 그렇게 버티는 것이 가족을 위한 가장 큰 사랑이었던 것이다. 아버지 덕분에 경제적으로 어렵지 않게 자랐지만 안타깝게도 벽은 조금씩 견고해지고 말았다.

자라면서 나는 여러 일을 해보며 사회 경험을 쌓고 싶었지만 아버지는 내가 좋은 대학에 진학해 좋은 회사에 취직했으면 하셨다. 아버지의 인생 여정을 생각했을 때 충분히 이해할 수 있는 대목이다. 그럼에도 내 인생을 내 방식대로 꾸리고 싶었던 나는 아버지와 끊임없이 충돌했다. 그 힘든 몸을 이끌고 가족을 위해 최선을 다했던 아버지는 큰아들인 나 역시 본인처럼 성실하고 열심히 살기를 원하셨을 것이다. 그래서인지 아버지는 언제나 단호했고 타협이 없었다.

갈피를 잡지 못하던 나는 우여곡절 끝에 신학대학에 입학했다. 병을 얻은 뒤 신앙생활에 더 많이 의지하셨던 아버지는 가장 안정적인 삶을 살 수 있는 최선의 방법으로 내가 미션스쿨에서 교사로 일하기를 바라셨다. 그랬기에 나 역시 내 주장만 고집할 수 없었다. 결국 교사의 길은 포기했지만 목회자의 길을 선택했다. 내가 목회의 길을 갈 것이라고 예상한 사람은 아무도 없었다. 어릴 적 친구들은 지금도 내게 말한다.

"성원아, 빨리 나와라. 너와 어울리는 길이 아니야. 너 때문에 목회자들이 욕먹는다."

농담반 진담반이겠지만 그만큼 예상 밖의 길을 걸었던 것이다. 목회의 길로 들어선 사람들은 대부분 안정적인 목회를 위해 일찍 결혼한다. 나 역시 신학대학원에 입학하기 전 지금의 아내를 만나 결혼했다. 경제적으로 준비된 상황이 아니었기에 전적으로 아버지의 도움을 받아야 했다.

돌아보면 그것이 나에 대한 아버지만의 사랑 표현이었다. 아버지가 얻어준 집에서 원기를 낳았는데, 그때는 가정을 제대로 꾸려나갈 형편이 아니었기에 대학원을 졸업할 때까지만 부모님 집에서 함께 살기로 했다. 한편으로는 원기의 건강이 좋지 않아 보였기 때문에 원기를 더 잘 돌보기 위해서라도 부모님과 함께 사는 게 나을 거라고 판단했다. 어쩔 수 없는 선택이었지만 얻은 것도 많다. 그 몇 년이 결코 극복할 수 없을 것이라 생각했던 아버지와의 관계가 회복되는 시간이었기 때문이다.

원기와 수혜를 대하는 아버지의 모습에서 전혀 예상치 못한 아버지의 다른 면을 보게 되었다. 원기와 수혜에게 장난을 치시거나 크게 웃는 모습을 보면서 '아버지에게 이런 면이 있다니' 하며 크게 놀라기도 했다. 아버지에 대한 편견이 서서히 깨지기 시작했다.

특히 원기는 워낙 까칠하고 예민해서 한시도 엄마 품에서 떨어지지 않으려 했다. 아버지가 잠깐이라도 안아보려 하면 떼를 쓰며 울어 댔다.

"허이구, 이 녀석 성질머리 좀 봐, 허허허."

이렇게 웃으며 말씀하시는 아버지의 모습이 왜 그리 낯설게 느껴졌는지…. 원기가 떼쓰는 모습을 보면서 아버지가 화를 낼 거라 생각했다. 그런데 아버지는 한밤중에 원기가 울고불고 난리를 쳐도 한 번도 화를 내지 않으셨다.

아버지와 함께 살던 2년 동안 아버지가 환하게 웃는 모습을 원 없이 보고 또 보았다. 요새도 원기는 아버지 앞에서 거침이 없다. 아버지가 즐겨 보는 텔레비전 채널을 갑자기 자기가 보고 싶은 어린이 채널로 바꿔버린다. 큰소리가 날 것 같은데도 아버지 반응은 의외다.

"허허허, 이놈 보게. 원기야, 할아버지가 너무 보고 싶은 프로야. 조금만 더 보면 안 되겠니?"

"알았어요. 대신 10분 뒤에는 어린이 채널 볼 거예요. 알겠죠?"

"고맙다, 원기야. 허허허."

어릴 때는 감히 채널을 다른 곳으로 돌린다는 건 상상조차 못했다. 아버지의 이런 모습을 볼 때마다 내가 아버지에 대해 잘못 알고 있었던 건지, 아니면 내 기억이 잘못된 건지 헷갈린다. 나에게도 저렇게 대해주셨으면 얼마나 좋았을까 하는 서운함마저 든다. 아내에게 말했더니 이렇게 말한다.

"그게 내리사랑이야. 사실 아버님이 당신을 너무 사랑하는데, 그게 잘 표현이 안 된 거예요. 원기와 수혜도 홍성원 아들이니까 그렇게 사랑하시는 거야."

어쩌면 아버지 사이에 극복할 수 없는 벽은 내가 만들어놓은 건지도 모르겠다.

아버지와 함께 살게 된 지 얼마 지나지 않을 때였다. 원기가 큰 검사를 받기 위해 대학병원 응급실로 가야 할 상황이었다. 병원으로 가기 전날 밤, 아버지는 무겁고 낮은 목소리로 말씀하셨다.

"다들 거실로 모여라. 원기를 위해 함께 기도하자."

가족들 모두 걱정되고 불안한 마음이었다. 아버지가 기도를 먼저 시작하셨다.

"주님, 원기가 내일부터 대학병원에서 검사를 받기로 했습니다. 우리 원기를 불쌍히 여겨주소서. 우리 원기를 제발 불쌍히 여겨주소서…"

아버지는 더 말을 잇지 못하셨다.

"하나님께서 원기를 많이 사랑하시니… 도와주실 거다."

아버지의 눈물을 본 적이 있던가. 아버지도 감정이라는 게 있는 분이셨던가.

원기와 함께 병원에 있는 동안에도 아버지의 눈물이 문득 생각났다. 아버지의 방식을 완전히 이해할 수는 없지만 조금은 헤아릴 수 있게 된 것 같았다. 나는 언제쯤 아버지께 웃음을 드릴 수 있을까.

병원에서 집으로 돌아왔을 때 아버지는 그저 한 마디만 하셨다.

"그래, 수고들 했다. 좀 쉬어라."

아버지의 한결같은 무뚝뚝한 모습이 오히려 큰 위로가 되었다. 갑자기 응급실에서 느낀 것들을 아버지와 나누고 싶었다. 하지만 늘 그랬듯 마음뿐이었다. 아버지만의 사랑 방식을 받아들이고 이해하는 것이 아버지의 아들인 내가 해야 할 몫임을 깨달았다.

아버지께 걱정은 끼치지 말고 살아야 할 텐데….

#2

원기에게 듣고 싶은 말

원기와 이 세상에서 시간을 공유하는 동안 꼭 듣고 싶은 말이 있다.

"아빠, 아빠가 있어서 정말 재밌었어. 아빠 덕분에 신났어요. 고마워요, 아빠."

원기에게 그런 아빠로 기억되고 싶다.

#3

아빠, 어디야?
아빠, 언제와?

원기 녀석에게는 정말 희한한 습성(?)이 있다. 낮에는 소리를 지르면서 떼쓰다가도 저녁이 되면 조용해진다. 마치 빛이 에너지원이라도 되는 듯 말이다. 잠들기 한 시간 전부터 원기가 꼭 물어보는 게 있다.

"아빠, 잠잘 때 옆에 있어줄 거지?"

"아빠, 오늘 나랑 같이 자면 안 돼?"

어릴 때는 엄마만 찾던 녀석이다. 내가 옆에 있어주려고 하면,

"아빠, 답답해. 아빠가 있으면 숨이 막혀."

"아빠, 저리 가!"

이렇게 소리치곤 했다. 섭섭할 때도 많았고 심지어 화를 낸 적도 있다. 그런데 원기가 어느 때부터 나를 찾았다. 잘 때마다 나에게 와서 놀아달라고 보챘다. 원기가 은총을 베푸는 듯했다.

"엄마는 까칠해서 싫어. 짜증을 너무 많이 낸다고!"

자기가 저지른 만행(?)을 전혀 기억하지 못하는 아주 웃긴 녀석. 이제는 내가 재밌게 놀아주면 깔깔거리며 웃는다. 녀석은 좋아하는 사람에게 집착하는 고약한 버릇이 있다. 엄마에게 집착할 때는 엄마가 볼 일이 있어 잠깐이라도 밖에 나가면 수시로 전화해 빨리 들어오라며 난리를 피워댔다.

요새는 내게 그런다. 내가 조금이라도 늦으면 따지는 듯한 목소리로 어김없이 전화가 온다.

"아빠, 도대체 어디야? 어디냐고!"

"아빠, 몇 시까지 올 거야?"

원기에게 전화를 받으면 어이가 없으면서도 기쁘다.

"야! 내가 너한테 일일이 보고해야 하나?"

"어딘데? 어디냐고?"

"원기야, 곧 도착해. 조금만 기다려."

"아빠, 빨리 와. 알겠지?"

한번은 교회에서 직원 수련회 때문에 들어오지 못한 날이 있었다. 다음 날 집에 오니 아내는 원기 녀석이 했다는 주옥같은 말을 전해주었다. 원기와 수혜 그리고 아내 셋만 있어야 했던 그날, 원기는 이렇게 말했다고 한다.

엄마의 잔소리

홍원기

엄마의 잔소리는
정말 한도 끝도 없다
내 물건을
바로 놓으라고
어서 치워라~
서겨훼라

정말 짜증 난다
반대로 가잔히 하고싶다

정말 한도
끝도 없는
엄마의 잔소리

"엄마, 엄마도 아빠처럼 집안 분위기를 생각해서 재밌게 좀 해줘. 왜 이렇게 집안이 조용하냐고!"

아버지와 친구처럼 지내지 못했던 기억 때문에 원기에게는 힘껏 다가가고 싶다. 아빠와 장난치고 싶어 하는 녀석의 바람을 다 들어주고 싶다.

원기 녀석의 재촉 전화를 받으면 때로 먹먹해진다. 그럴 땐 혼자 중얼거린다.

'야, 이놈 새끼야! 너 어쩌려고 아빠를 이렇게 좋아하니? 너 먼저 가면 난 어떻게 살라고….'

한번은 눈물을 얼른 닦고 아무렇지도 않은 척 집으로 들어갔다. 녀석은 눈치가 빠르다.

"아빠, 왜 이렇게 늦게 왔어?"

"어, 원기야, 그러게…."

"아빠, 왜 그래? 오늘따라 아빠 같지 않은데?"

그 말에 웃음이 나왔다. 그러자 원기가 한 마디 한다.

"그래, 그래야 아빠지!"

나를 이 세상에서 제일 반가워해주는 내 아들 원기. 원기야 영원히 아빠랑 함께하자.

4년이라는 기다림

　　춘천의 한 대학병원에서 원기의 병이 소아조로증이라는 사실을
처음 들었던 그날 밤, 분노와 슬픔과 원망 같은 온갖 감정이 뒤엉킨
채로 인터넷에서 소아조로증에 관해 정신없이 검색했다. 해외에서
조로증을 앓던 아이가 세상을 떠났다는 이야기, 원인이 무엇인지는
밝혀냈지만 지금으로서는 치료 방법이 없다는 글을 읽자 눈물이 쏟
아졌다. 미친 듯이 울부짖고 싶었지만 잠든 원기를 생각해서라도 꾹
참아야 했다. 그렇다고 가만히 있을 수 없었다. 눈물이 흘러내리는데
도 계속 인터넷을 뒤졌다. 혹시라도 치료법이 있는 건 아닐까 하는 희
망을 가지고 말이다.

　　한참을 뒤지다 보니 전혀 예상치 않았던 사이트를 발견했다. 조로
증을 연구하는 재단 홈페이지였다. 그곳에는 무척 많은 정보가 정리

되어 있었는데, 조로증 아이들을 지속적으로 찾아내고 있으며 반드시 치료법을 개발하겠다고 쓰여 있었다. 갑자기 눈에서 불이 나는 듯했다. 주소지가 보스턴이었는데, 날이 밝으면 당장이라도 원기를 데리고 가고 싶은 심정이었다.

'하나님, 당신은 원기를 버렸지요. 그리고 나에게 큰 고통을 주었지요. 하지만 가만히 있지 않을 겁니다. 두고 보세요. 반드시 원기를 살릴 테니까.'

눈물과 콧물을 쏟으면서 혼자 중얼거렸다. 다음 날, 원기가 그렇게 싫어하는 피검사를 시작으로 온갖 검사가 진행되었다. 원기가 난리를 치는 정신없는 와중에도 대학병원 측에 조로증재단과 공식으로 연결해달라고 요청했다.

병원에서는 조로증재단이 있다는 것조차 알지 못했다. 감사하게도 병원 측의 배려로 여러 서류와 원기의 병원 기록을 재단에 보낼 수 있었다. 한국의 홍원기라는 아이가 소아조로증 환자라는 걸 정식으로 재단에 등록하는 것도 가능했다.

재단에서는 '로나파닙lonafarnib'이라는 약으로 임상연구를 진행 중이었는데, 이미 1차 연구가 끝났고 2차 연구를 시작하려는 상황이었다. 나는 어떻게든 2차 임상연구에 원기를 참여시키고 싶었다. 하루하루가 너무 소중하고 마음이 조급했기 때문이다.

당장 내일이라도 재단이 있는 보스턴으로 가고 싶은 마음은 굴뚝 같았지만 보스턴에 가기까지는 4년이라는 시간을 더 기다려야 했다. 재단에서 일방적으로 연락을 중단한 적이 한두 번이 아니었기 때문이다. 너무 지쳐서 재단과 연락하지 않아야겠다고 마음먹을 즈음이면 갑자기 연락이 오곤 했다.

재단의 연락 방식이 너무 힘들었지만 지금 생각해보면 흥분해 있던 내 마음을 진정시켜주는 좋은 약이었던 것 같다. 수없이 이메일을 보내고 영어를 할 줄 아는 분을 통해 전화 통화를 시도하면 재단은 똑같은 대답만 되풀이했다. '2년 뒤 새로운 임상연구를 시작할 때 원기가 참여할 수 있다'는 것이었다.

그 '2년'이라는 시간이 어서 오기를 손꼽아 기다리면서 우리 가족은 서울로 거처를 옮겼다. 아무래도 서울에 있으면 치료에 관한 더 많은 정보를 얻을 수 있지 않을까 해서다. 다행히 서울에 있는 교회에 일자리를 구할 수 있었다. 2년이라는 시간을 기다리는 동안 가만히 있을 수도 없는 노릇이었다. 한약을 먹여보기도 했고 침을 놓아보기도 했다. 기공치료를 하는 분을 알아내 찾아간 적도 있다.

재단으로부터 거의 6개월 동안 연락이 오지 않았을 때는 보스턴에 가는 일은 접어야겠다고 생각했다. 그렇게 2년이 지나 원기가 여덟 살이 되자 드디어 이메일이 왔다. 통역이 가능한 분이 있으면 직접 통화하고 싶다는 내용이었다. 그것도 재단을 설립한 재단 이사장으로부터 말이다. 재단을 만든 사람은 소아과 의사인데 그 역시 아들이

소아조로증 환자였다. 너무도 희귀한 질병을 연구하기 위해 동료 의사와 연구원들과 함께 재단을 설립한 것이다. 감사하게도 근무하는 교회에 미국에서 오래 살다 온 의사 분이 계셔서 그분의 도움으로 한 시간 가까이 통화할 수 있었다. 재단 측은 앞으로 6개월 안에 원기가 보스턴에 방문할 수 있을 거라고 말해주었다. 그러기 위해 많은 것을 준비해야 하는데, 예를 들어 원기의 일 년치 체중 변화 기록, 정밀검사를 통해 원기가 장거리 비행을 할 수 있는지에 대한 의사 소견, 원기의 식단 같은 것이었다. 재단은 일정이 잡히면 다시 연락을 주겠다면서 전화를 끊었다. 하지만 재단으로부터 연락은 오지 않았다. 정말 화가 났지만 어찌할 방법이 없었다.

잊고 있던 재단으로부터 연락이 온 건 한 해가 지나 원기는 아홉 살이 되었을 때였다. 이제 날짜가 정해졌으니 준비를 시작하라는 내용이었다. 그동안 새로운 임상연구에 들어갈 비용을 마련하지 못해 일이 지연되었다고 했다. 상황이 그렇다면 미리 연락이라도 해주었으면 좋았을 텐데… 어쨌든 아내와 상의했다. 그런데 아내는 부정적이었다.

"여보, 우리가 그쪽에서 하라면 하고 말라면 말아야 해요? 그냥 가지 말아요. 어차피 우리 안 가기로 했잖아요."

그래도 가고 싶었다. 원기에게 어떤 희망을 발견할 수 있지 않을까 하는 막연한 기대감을 결코 내려놓을 수 없었다. 며칠을 아내와 치열

하게 의논하고 싸운 끝에 결국 가는 것으로 결정했다. 그렇게 10개월
을 또다시 준비했다. 매주 원기의 체중 기록과 정기적으로 몸 상태를
체크한 보고서 그리고 식단을 이메일로 재단에 전달했고, 마지막 한
주는 재단 가이드라인대로 식단을 그램 단위까지 재서 보내주었다.

　보스턴에 가기 전에 꼭 해야 할 일이 있었다. 아버지와 어머니에게
말씀드리는 일이었다. 조로증재단이 임상연구를 하고 있다는 사실을
말씀드렸던 4년 전부터 두 분은 심하게 반대하셨다.

　아내와 나는 더 미룰 수 없다고 생각했다. 보스턴에 가는 날까지
한 달도 남지 않았기 때문이다. 원기와 수혜가 없을 때 말씀드리는 게
나을 것 같아 아이들이 학교에 간 시간을 이용해 부모님을 찾았다.
정말 어렵게 말을 꺼내놓았다. 충격을 받으실까봐 얼마나 조마조마했
던지. 절대 안 된다고 말씀하실까봐 너무 조심스러웠다. 그런데 부모
님은 우리 말을 듣는 내내 그저 고개만 끄덕이셨다. 그러고는 아버지
가 말씀하셨다.

　"그래, 니들이 얼마나 고민했겠냐. 어쨌든 잘 다녀오고, 니들이 무
슨 돈이 있겠냐. 내가 좀 보탤게."

　어머니는 눈물을 참으며 말을 잇지 못하셨다.

　"그래, 너희들이 오죽 알아서 했겠니…"

　나도 아내도 다 울었다. 집으로 돌아오는 내내 아내와 나는 말이
없었다. 가슴이 먹먹할 뿐이었다. 너무나 많은 생각이 머릿속을 괴롭

했다.

부모님은 보스턴으로 출국하기 전날 집에 오셨다. 우리를 공항까지 데려다주기 위해서였다. 전날 밤에도 그리고 아침에도 우리 가족은 함께 모여 기도했다.

다음 날, 드디어 미국행 비행기에 올랐다. 좀더 정확히 말하면 디트로이트공항으로 가는 비행기였다. 거기서 환승해야 했다. 가는 내내 마음이 쉽게 진정되지 않았다. 옆에 앉은 원기를 바라봤다. 원기는 비행기 좌석의 개별 모니터로 여러 영상물을 볼 수 있다는 데에 흥분해 있었다. 몇 시간째 계속 영상만 보는 원기가 걱정돼 그만 보라고 핀잔을 주었더니 녀석은 이렇게 대꾸한다.

"아빠, 나도 지금 불안해서 그러는 거야. 그냥 내버려 둬."

마침내 디트로이트를 거쳐 보스턴에 도착했다. 토요일 저녁이었다. 보스턴아동병원은 세계 곳곳에서 온 온갖 희귀질환을 앓은 아이들로 가득했다. 그래서인지 보호자들을 위한 게스트하우스가 따로 마련되어 있었다. 조로증재단도 보스턴아동병원과 함께 연구를 진행하기 때문에 우리도 그곳에 묵을 수 있었다.

화장실과 샤워실은 공동으로 이용해야 했고 방에서는 잠만 잘 수 있었다. 게스트하우스는 생각보다 좁았다. 침대 역시 일반 침대가 아니라 환자가 눕는 침대였는데, 수가 부족해서 하나를 더 제공받았다.

그런데 제공받은 침대가 다리 부분이 약해 주저앉아버렸다. 원기와 수혜는 깔깔대고 웃었지만 이런 곳에서 일주일을 있어야 한다고 생각하니 불안과 짜증이 밀려왔다.

당장이라도 다른 숙소를 구하고 싶었지만 시간이 늦었고 장거리 비행으로 너무 피곤했기에 일단 첫날은 그냥 보내기로 했다.

아내 말처럼 괜히 온 건가 싶은 후회가 밀려올 즈음 무거운 마음을 단번에 풀어준 사건이 일어났다. 아니, 사건이라기보다는 '만남'이었다.

#1

사랑하는 아내

원기를 낳고 얼마 뒤 부모님과 합가하면서 육아와 살림에 거의 신경 쓰지 않았다. 대학원에 다닌다는 건 좋은 핑곗거리였다. 사실 부모님 집에 사는 동안은 결혼해 가정을 꾸린 남편으로서가 아니라 아버지, 어머니의 아들로 살았던 것 같다. 정신적으로 완전히 독립하지 못했고, 그래서 거의 모든 걸 아내에게 떠안겼다.

좀더 일찍 집에 들어갈 수 있었는데도 친구들과 시간을 보내느라 늦는 날이 많았다. 나중에 들은 이야기지만, 아내는 원기와 수혜를 낳아 기르는 4년이라는 시간이 자신에게는 잃어버린 시간이었다고 한다. 아내는 미련하게도 한 번도 힘든 티를 내지 않았고, 철이 없었던 나는 전혀 눈치 채지 못했다. 아내가 폭발하기 전까지 말이다.

그날도 친구들과 시간을 보내다 밤이 늦어서야 집에 들어섰다. 아내는 다른 때와 같지 않게 무척 퉁명스러웠다.

"당신은 왜 맨날 늦게 들어와? 집에서 내가 얼마나 힘든지 모르지?"

미안하다고 하면 끝날 일이었는데, 순간 나도 참지 못했다.

"뭐가 힘드니? 어머니가 다 도와주시잖아. 그리고 내가 놀다 오는 거야? 수업 듣고 과제하다 보니 늦는 거잖아!"

"뭐가 힘드냐고? 그게 나한테 할 말이야?"

아내는 쌓였던 감정들을 쏟아냈다.

"더이상 못 살겠어. 나 나갈래."

그러더니 옷을 주섬주섬 입고 나가버렸다. 한 대 세게 얻어맞은 기분이었다. 아내는 시간이 지나도 들어오지 않았다. 그제야 나는 밖으로 나왔다. 비가 주룩주룩 내리고 있었다. 혹시 차도로 뛰어든 건 아닌가 하는 불안한 생각이 들자 차도를 향해 뛰면서 아내의 이름을 불렀다.

"주은아, 이주은! 어딨어? 어딨냐고!"

미친놈처럼 소리를 지르며 한참을 뛰어다녔다. 그래도 아내는 없었다. 결국 포기하고 터벅터벅 집으로 향했다. 집으로 들어서자 다행히 아내는 이미 와 있었다.

"밖에 나갔다 왔어? 걱정은 됐나 보네?"

그 순간 안도의 한숨을 내쉬었다.

"미안해, 미안하다고. 제발 나가지 마. 애들은 어떡하라고…"

"원기하고 수혜는 나만 키우는 거야? 당신은 왜 결혼한 거야?"

나는 내가 살던 집에 그대로 사는 거지만 아내는 그렇지 않다. 늘 불편한 마음이었을 것이다. 어쩌면 나는 아내의 불편한 마음을 애써 외면했던 건지도 모른다. 그만큼 어리석었다.

2년이 지나 춘천의 한 교회에서 일하게 되었고, 그곳 사택을 제공받으면서 비로소 우리 네 식구는 부모님으로부터 독립했다. 새벽부터 밤늦게까지 일하느라 육아와 집안일은 또다시 아내의 몫이 되어버렸다. 그런 와중에도 아내는 영유아교육 석사를 준비하는 초인적인 삶을 살았다. 눈의 실핏줄이 터지면서까지 고생했지만 힘들다는 내색은 전혀 하지 않았다. 아내는 언제나 그랬다. 감정을 꾹꾹 눌러 담았다. 어쩌면 공부가 아내에게는 유일한 탈출구였을 수도 있다.

원기가 조로증이라는 사실이 밝혀지고 치료를 위해 서울로 올라온 뒤 2~3년 동안 원기는 심하게 아팠다. 혹시라도 원기가 벌써 세상을 떠나는 건 아닌지 얼마나 걱정했는지 모른다. 그때 아내는 가슴을 움켜쥐며 서럽게 울었다.

"여보, 가슴이 너무 저리고 아파요. 정말 당신은 이게 어떤 고통인지 모를 거야."

오랜 진통 끝에 고생하며 낳은 첫아이 원기. 너무나 희귀한 질병을 앓는 원기로 인해 아내가 느끼는 아픔과 서러움을 나는 결코 다 알 수 없다. 그래서 어떤 말도 섣불리 해줄 수 없었다. 아내의 얼굴을 보니 나도 눈물이 났다.

"여보, 미안해, 미안해…."

그저 그렇게 아내의 손만 쓰다듬었다.

'아내의 가슴속에는 얼마나 깊게 패인 상처 자욱이 있을까, 그 상처를 내가 보듬어줄 수 있을까, 원기가 떠나면 아내는 살아갈 수 있을까, 아내와 나는 왜 이런 운명 앞에 놓인 걸까, 차라리 아내를 만나지 않았더라면 이런 고통은 겪지 않았을까.'

이런 바보 같은 생각만 내 머릿속을 맴돌았다.

#2

이빨요정

요새 원기는 앞니가 빠져 다시 난다. 어떤 치아는 일부러 빼준 것도 있다. 새로 나는 치아가 너무 크기 때문이다.

이를 빼고 집에 온 녀석은 자기 이빨을 가져오지 않았다며 투덜댄다.

이 녀석은 이빨요정을 믿는다.

베개 밑에 넣어두면 새 이빨이 나오게 해준다는 그 요정을….

요정아, 우리 원기 이빨 다 나게 해주라.

일기

일기 쓰기

일기는 마치 영화를
만드는 것 같다. 매일
일기를 쓰면 나의 인생을
보여주는 것 같다. 우리는
살아온 것을 마치 한편
인 영화 같다고 만
한다. 우리는 모두 인생을 살
아가고 일상을 보여주는 것이다.

 # 3

휴지 한 조각

원기는 코가 비뚤어진데다 코뼈가 작고 축농증까지 있어서 일 년에 절반 이상은 늘 힘들어한다. 좀더 정확하게 말하자면 코로 숨 쉬는 게 쉽지 않다. 코 구조도 그렇고 축농증으로 생긴 고름이 말라 코안에 이물질이 많기 때문이다. 말을 하지 못할 나이였을 때는 그저 울기만 하니까 너무 힘들었다. 몸이 약한 아이의 특징인지 아니면 원기녀석의 특징인지 힘들고 짜증이 나면 우는 게 습관이 되어버렸다. 말할 수 있는 나이가 되어 의사표현을 할 수 있게 되었을 때도 코 때문에 힘들기는 마찬가지였다.

자다가도 코로 숨이 잘 안 쉬어지니 깊이 잠들지 못한다. 그러면 한참 징징댄다. 겨우 잠든 원기를 보고 있으면 여전히 입으로만 숨을 쉬고 있다는 걸 알게 된다. 답답하면 손가락으로 코를 파면 되는데, 녀석은 손톱이 온전하지 못해 그렇게 하지도 못한다. 그저 애꿎은 코만 만지작거린다.

축농증을 치료해보겠다고 약도 먹어봤는데, 한 달 이상 복용하면 꼭 설사를 해 팬티에 똥을 지린다. 그러면 약을 끊곤 했는데, 이 악순환이 되풀이되었다.

겨우 잠든 원기를 위해 내가 할 수 있는 방법은 코가 뚫리기를 간절히 바라는 것밖에 없었다. 그래서 원기 코에다 손을 모으고(닿지 않게) 정말 간절히 기도했다. 얼마나 그랬는지 모른다. 너무 간절해서 눈물이 날 때도 있었다.

"하나님, 제발 원기의 코 좀 뚫리게 해주세요."

내 손에서 어떤 에너지가 나와 원기의 코 안에 있는 모든 이물질을 녹이든지 뚫든지 하기를 얼마나 바랐는지…. 그래도 원기의 코는 뚫리지 않았다. 그런데 간절한 마음을 신이 알아주셨을까. 원기의 코를 뚫는 방법을 우리에게 선물(?)해주셨다.

그날도 원기는 코 때문에 괴로워하고 있었다. 너무 괴로워 코를 만지작대다 코가 자극이 되었는지 재채기를 하려 했다. 재채기가 좀 시원하게 나오면 좋겠는데 나올 듯하다 멈춰버렸다. 원기는 짜증이 나서 또 징징댔다. 나도 녀석 때문에 슬슬 화가 났는데, 갑자기 아내가 소리쳤다.

"여보! 기막힌 방법이 떠올랐어요."

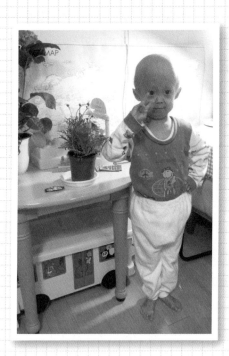

"뭔데?"

원기 엄마는 화장실에서 휴지 한 칸을 뜯어왔다. 그러고는 휴지를 비비 꼬아 가느다랗게 만든 다음 원기 코에 집어넣어 코를 자극했다. 원기는 가뜩이나 짜증이 난 상태였는데 휴지로 코를 자극하니까 더 신경질이 났는지 소리를 질러댔다.

"뭐하는 거야! 그만해!"

그래도 아내는 꿈쩍하지 않았다. 원기를 꼼짝 못하게 붙잡아두고는 계속 휴지로 원기 코를 자극했다. 한참이 지났다.

"에, 에, 에, 에, 에취."

원기가 재채기를 했고, 엄청난 이물질들이 쏟아져 나왔다.

"어흐…."

그렇게 많은 이물질이 조그만 원기의 코에 들어 있었다는 게 놀라울 정도로 말이다. 원기는 재채기를 몇 번 더 했고 정말 모든 이물질을 쏟아냈다. 징징대던 녀석은 살며시 미소를 짓는다. 얼마나 시원했을까. 그날 온가족이 웃었다.

단언컨대 휴지 한 조각은 아이들의 막힌 코를 뚫는데 가장 완벽한 도구다.

미구엘과의 짧은 만남

조로증재단은 우리가 보스턴으로 출발하기 전 원기와 함께 참여하게 될 아이가 있다고 말해줬다. 콜롬비아에 사는 아이이고 원기와 같은 나이였다. 그 이야기를 듣자마자 걱정이 되었다. 원기는 우리나라에서 조로증을 앓는 유일한 아이다. 자기와 같은 질병을 가진 아이를 본 적이 없다. 당연히 해외에 있는 아이들에 대해서도 알지 못했다. 보스턴에서 자기와 비슷한 외모를 가진 아이를 만나면 충격을 받지 않을까 싶었던 것이다. 그런데 마음의 준비를 할 겨를도 없이 '미구엘'이라는 아이를 만나게 되었다.

미구엘 가족도 토요일 밤 게스트하우스에 왔다. 우리보다 조금 먼저 도착했는데, 필요한 물품을 사러 병원 자원봉사자와 함께 마트에 다녀오던 길에 우리 가족과 마주친 것이다. 신기하면서도 전혀 낯설지 않았다. 원기와 비슷한데 피부색만 다른 듯했다. 내 아이와 같은 병을 앓는 다른 나라 아이를, 그것도 미국에서 만난다는 건 정말 특별한 경험이었다.

미구엘은 원기처럼 처음 방문한 게 아니었다. 2년 전에 이미 신체검사를 받았고 로나파닙이라는 유일한 조로증 치료제라 알려진 약을 2년간 복용했다. 미구엘은 그동안 상태가 얼마나 좋아졌는지 검사하기 위해 온 것이다. 미구엘에게 특별한 느낌을 받은 것은 굉장히 활발하고 부산스러운 것이 꼭 원기 같았기 때문이다. 미구엘을 만나면서 조로증재단 홈페이지에서 읽은 내용이 떠올랐다.

"소아조로증을 앓는 아이들은 믿을 수 없을 만큼 활발하고 긍정적이고 에너지가 넘친다."

스페인어를 사용하는 미구엘의 말을 알아들을 수는 없었지만 그야말로 몸짓 발짓 섞어가며 대화하려 애를 썼다. 서로 무슨 말을 하는지 잘 알지는 못했지만 우리는 그저 서로를 바라보며 미소를 지었다. 미구엘이 묵는 방에도 잠깐 가보았다. 미구엘은 엄마와 함께 왔다. 그 사이 방에서 쉬고 있던 원기 녀석도 밖으로 나와 이곳저곳 살피다 미구엘과 마주쳤다. 원기에게 미구엘을 어떻게 소개해줘야 할까 고민하던 찰나였다.

역사적인 첫 만남을 가진 원기와 미구엘은 처음에는 약간 어색해

하는 듯했지만 활발한 아이들답게 금세 친해졌다. 무엇보다 게스트하우스 휴게실에 설치된 게임 덕이 컸다. 게스트하우스에 머물렀던 6일 동안 두 녀석은 틈만 나면 그곳에서 만나 게임을 했다.

검사를 받는 동안에도 우리는 미구엘을 자주 보았다. 서로 검사 일정은 달랐지만 복도를 지나다 만나기도 했고, 서로 맞은편에 앉아 대기하며 만나기도 했다. 정말 신기한 건 하루에 여러 번 마주쳐도 너무 반가웠다는 것이다. 마주칠 때마다 나는 미구엘을 꼭 안아주었다. 돌이켜보면 함께 식사를 못했다는 게 그저 아쉬울 뿐이다. 내가 목사라는 이유로 보스턴 한인교회 분들이 많은 음식을 대접해주어서 우리 가족은 게스트하우스에서 그 음식들을 데워 먹곤 했다. 그런데 게스트하우스에서 공동 주방을 사용했던 미구엘의 엄마는 늘 미구엘에게 닭가슴살 한 조각과 야채를 익혀서 주었다. 매끼마다 그랬던 것 같다. 그렇게 식사를 하고는 바로 숙소로 들어갔다.
병원은 우리에게 통역하는 분을 붙여주었는데, 한번은 통역의 도움으로 미구엘의 엄마에게 로나파닙이라는 약에 대해서 물어본 적이 있다. 미구엘의 엄마는 눈물을 흘릴 만큼 고맙고 감사한 약이라고 말해주었다. 결과적으로 말하자면 그 약은 원기에게 맞지 않았다. 지금도 머릿속에서 떠나지 않는 질문이 있다.
'정말 그 약이 미구엘에게는 잘 맞았던 걸까?'

가끔 미구엘을 위해 기도한다. 원기와 함께 꼭 치료받을 수 있기를 바라면서….

하루 빨리 좋은 약이 개발될 수 있었으면 좋겠다. 그렇게 된다면 미구엘을 꼭 한국에 초대하고 싶다.

#1

원기의 꿈

원기는 게임을 좋아한다. 초등학교에 들어가면서부터 슬슬 게임에 관심을 보이기 시작하더니, 이제는 아예 대놓고 한다. 그것도 내 휴대전화에 직접 다운받아서 말이다. 내가 집에 있을 때면 엄마 눈치를 슬슬 보면서 나에게 휴대전화를 달라고 손을 내민다. 나는 화면이 큰 걸 사용하는데, 원기가 자그마한 손으로 휴대전화를 건네받을 때마다 과연 저 손으로 감당할 수 있겠나 하는 생각이 든다. 하지만 녀석은 아주 힘차게 받아 방으로 들어가서는 이불을 뒤집어쓰고 몰래 게임을 한다. 그러다가 엄마한테 항상 걸린다.

"여보, 당신은 원기를 못하게 해야지, 당신이 이러니 원기가 게임을 대놓고 하잖아요."

나까지 같이 혼난다. 그러면 나는 원기에게 가서 말한다.

"야, 안 걸리게 해. 나까지 혼나잖아."

그럴 때 원기는 큰 눈을 껌벅대면서 고개를 끄덕인다. 다른 때는 말대꾸를 꼬박꼬박 하는 녀석이.

게임을 많이 하니까 눈에 띄는 부작용이 있다. 틈만 나면 게임을 하려 한다는 것, 인내심이 없어 보인다는 것이다. 게임을 할 때는 무서운 집중력을 보이다가도 공부할 때는 금세 피곤해 한다. 슬슬 원기가 게임을 즐기는 걸 어느 선까지 허용해주어야 하는지 고민되기 시작했다. 아내는 주말에만 하는 걸 규칙으로 정했지만 그걸 따를 원기가 아니다. 그렇게 실랑이를 하던 즈음 재미있는 일이 일어났다.

'한국메이크어위시재단'이라는 곳에서 이메일이 온 것이다. 방송에 출연한 뒤 여러 곳에서 메일이 왔기에 열어보지 않다가 우연히 보게 된 메일이다. 미국에 본부가 있는 재단이고 아픈 아이들의 소원을 이뤄주는 일을 한다고 적혀 있었다. 관계자에게 연락하니 집으로 직접 찾아오셨다. 이야기를 나누면서 새로운 사실을 알게 되었다. 투병 생활을 오랫동안 해온 아이에게 소원을 물어보면 게중에는 자기가 정말 원하는 게 무엇인지 알지 못하는 아이가 있다는 것이다.

별 것 아닌 줄 알았던 일이 생각보다 어렵고 복잡하겠다는 생각이 들었다. 그래서 재단 측은 아이들과 여러 번 만나면서 정말 아이가 원하는 게 무엇인지 알아내고 그걸 이루어주는 작업을 진행한다고

나의 위인전

내 꿈은 BT다. 왜냐하면 게임을
잘 해서이기 때문 이다. 그래서 김용여
(게임닉네임)를 닮고싶다 욕도안하고
정말게임잘하기때문이다 그래 나도
정말 재미있는 BT가될것이다

했다.

재단 분들이 돌아간 뒤 가족회의를 열었다. 원기는 조금 생각하더니 이렇게 말했다.

"나는 도티를 만나고 싶어. 도티!"

'도티'라는 이름을 처음 들었다. 얼마 뒤에야 알게 되었는데, 마인크래프트라는 게임 영상을 인터넷에 올려 엄청난 인기를 누리는 사람이었다. 처음에는 어이가 없었고 헛웃음이 나왔다. 그래도 단 한 가지 소원을 이뤄주는 건데 더 거창하고 특별한 걸 말해야 하지 않을까 싶었던 것이다. 일단 원기에게는 더 생각해보라고 시간을 주었다. 하지만 원기는 계속 중얼거렸다.

"나 도티 만나고 싶은데…. 그게 소원인데."

한국메이크어위시재단과 협력해서 실제로 아픈 아이들을 만나는 일은 한 대기업에서 근무하는 자원봉사자들이 맡았다. 그분들의 임무는 원기와 함께 놀면서 정말 원기의 소원이 무엇인지 알아내는 것이었다.

9월이라 아직 더운 날이었는데, 기흥에서 우리집이 있는 남양주까지 퇴근 후 찾아오셨다. 집에 에어컨이 없어서 원기와 시간을 보내느라 정말 땀을 많이 흘리셨다. 직장생활 하느라 피곤한 분들을 괜히 더 힘들게 하는 건 아닌지 싶어 미안했다. 하지만 자원봉사자 분들은 진심으로 원기와 놀아주었다. 원기는 그분들이 마음에 들었는지 금세 친해져서는 자기가 좋아하는 팽이게임만 주구장창 했다. 시간이 되어 자원봉사자 분들이 가실 때가 되자 녀석은 대뜸 이렇게 말했다.

"벌써 가시려고요?"

자원봉사자 분들은 당황한 기색이 역력했다. 이렇게 빨리 친해지고 계속 놀아달라는 아이는 처음이라면서 결국 원기와 몇 시간을 더 함께한 다음에야 돌아가셨다. 그 뒤로 몇 번 더 방문해 원기의 소원에 관해 계속 이야기했다.

원기는 한결같이 도티와 만나는 게 소원이라고 말했다. 그래서 도티와 몇 명의 캐릭터가 상황극을 만들어나가는 게임 영상을 슬쩍 찾아봤다. 생각했던 것보다 정말 재밌긴 했다.

"원기야, 이거 진짜 재밌네."

"그렇다니까, 아빠!"

"아빠, 내가 왜 도티 만나려는 줄 알아? 나 도티처럼 게임 BJ가 될 거거든. 그래서 보면서 배우는 중이야."

깔깔거리며 말했지만 진심이 느껴졌다. 한 대 얻어맞은 기분이었다. 얼마 뒤 학교에서 자기가 되고 싶은 사람 복장을 하고 졸업사진을 찍었는데, 역시 녀석은 게임 BJ 콘셉트였다.

원기 친구들을 보면 어릴 적 고삐 풀린 망아지처럼 뛰어다니던 내 모습이 떠오르곤 한다. 그런데 원기는 친구들처럼 뛰어놀 수 없다. 늘 몸을 조심해야 한다. 하지만 게임은 신체 조건과 관계가 없다. 원기도

그걸 알 나이인 것이다. 단순히 재미로만 게임을 하고 게임 해설자가 되겠다고 하는 게 아니었다.

재단에 감사한 마음이 들었다. 무엇보다 원기가 진짜 하고 싶은 게 뭔지 알 수 있었으니까. 그리고 얼마 뒤 원기가 기다리고 기다리던 도티를 만났다. 처음에는 쑥스러워하더니 역시나 금세 친해졌다. 녀석은 친구들에게 줘야 한다면서 사인을 무려 스무 장이나 받아냈다.

재단에서는 원기에게 직접 게임하는 모습을 촬영하라며 캠코더를 선물해주었다. 원기에게는 정말 특별한 경험이었다. 원기는 집에 돌아와서도 흥분을 가라앉히지 못했다.

다음 날 녀석이 말했다.

"아빠, 나 도티 또 만나면 안 될까?"

"원기야, 니가 게임 BJ로 유명해진 다음 찾아가는 게 어떨까."

"음, 알겠어. 그러면 무슨 게임부터 촬영할까?"

원기가 가장 잘하는 게임이 있다. 그걸 찍어보기로 했다. 녀석은 캠코더와 삼각대를 혼자 열심히 설치했다. 그러곤 막상 촬영을 시작했는데 아무 말이 없다.

"원기야, 재밌게 설명하면서 게임하는 게 게임 BJ가 할 일 아니니?"

"아빠, 닥쳐!"

나는 녀석에게 언제나 한 방 먹는다. 그럼에도 속으로 원기에게 속삭인다.

'원기야, 니가 무슨 일에 관심을 보이든 아빠는 다 괜찮다. 아빠가 언제나 힘이 되어줄게. 그러니 오래오래 그 시간을 누렸으면 좋겠어. 아빠가 바라는 건 그것뿐이야.'

#2

잠든 모습

그냥 이 모습을 더 오랜 시간 간직하고 싶다.

원기야, 천국에서 만나면 나보다 훨씬 더 크고 힘이 세야 해.

안 그러면 아빠가 혼내줄 거다.

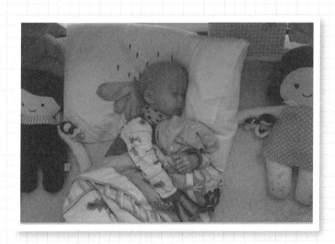

#3

원기의 그녀

원기는 초등학교 2학년 2학기가 되면서 대안학교를 다녔다. 처음에는 힘들어하는 것 같더니 곧 적응했다. 어렵게 선택해 옮긴 보람이 있었다. 정말 원기가 행복하게 학교생활을 했으면 좋겠다는 마음뿐이었다. 원기도 학교생활이 즐거운 모양이었다. 이제는 걱정이 없겠다 싶었는데 이 녀석이 대형 사고를 치고 말았다.

같은 반 여자아이에게 당돌하게도 연애편지를 전한 것이다. 아내와 나는 전혀 눈치 채지 못했는데, 여자아이 엄마에게 전화를 받고서야 알았다.

"원기 엄마, 원기가 저희 아이에게 글쎄 쪽지를 줬더라고요. 금요일에 주고 주말에 읽어보라고요. 원기가 생각보다 치밀해요."

원기 엄마는 순간 가슴이 덜컹했다고 한다. 전학 온 지 얼마 되지도 않은 녀석이 여자아이에게 쪽지를 줬으니 말이다.

"저희 시어머니께서 그 쪽지를 보더니 감탄하셨어요. 자기가 좋아하는 이유를 명확하게 적어놓았다면서요."

"어머나, 뭐라고 적었어요?"

"'너는 참 예쁘고 똑똑해. 그리고 착한 것 같아. 그래서 네가 참 좋아. 주말에 잘 생각해보고 말해줘.' 이렇게요."

원기 엄마는 퇴근해 돌아온 나를 붙잡고 놀란 마음이 가라앉지 않은 듯한 얼굴로 이 엄청난 사건을 말해주었다.

나 역시 듣는 순간 어이가 없을 정도로 놀랐다. 밤마다 같이 자야 한다고 조르던 녀석이 무슨 용기가 나서 그런 사건을 저질렀는지 생각할수록 충격이었다.

다른 것은 걱정되지 않았는데 전학 온 지 얼마 안 된 녀석이 반 분위기를 흐린 것 같아 그게 마음에 걸렸다. 일반 학교도 아니고 대안학교였기에 더 그랬다. 한편으론 '원기 녀석이 벌써 이성에게 호기심을 느낄 나이가 된 건가' 싶기도 했다.

주말 이후 원기의 그녀는 아무런 답장을 보내지 않았고, 나중에 원기에게 '친구로서 네가 좋다'는 말만 해주었다고 한다. 원기의 대형사고는 그녀의 거절로 허무하게 끝나고 말았다.

아내와 내가 원기의 이 용감한 행동을 걱정한 건 혹시나 원기에 대해 거부감을 갖고 있는 아이나 학부모가 있을지 모른다는 생각에서였다. 우리에게는 원기가 특별하고 소중한 아이지만, 다른 아이나 부모들은 어쩌면 원기를 피하고 싶을 수도 있으니 말이다. 다행히 염려했던 일은 일어나지 않았다.

그 사건 이후 원기와 이런저런 얘기를 나누곤 한다.

"아빠, 나 결혼 못하면 어떡하지? 누구랑 살지? 아빠 엄마랑 같이 살아도 돼?"

"당연하지. 원기는 언제나 아빠 엄마랑 살면 돼. 걱정 붙들어 매셔!"

원기에게는 씩씩하게 말했지만 이런 얘기를 나누면 가슴이 먹먹해진다. 녀석이 자기 상태에 대해 알고 말하는 건가 하는 걱정이 들어서다. 혹 자기 미래를 어느 정도 포기한 건 아닌지 불안할 때도 있다.

나이가 들면 누군가를 좋아하게 되고 함께하고 싶어지는 당연한 일을 원기는 할 수 있을까?

원기의 첫사랑은 허무하게 끝나버렸지만 일 년이 지나 4학년이 되었을 때 원기에게 또다른 사랑의 감정이 피어올랐다. 어느 날 원기가 이렇게 말했다.

"아빠, ○○이는 마음씨가 착해. 얼굴도 예쁘지만 친절하게 대해줘서 좋아."

어이쿠, 뒤통수를 또 한 대 세게 얻어맞은 기분이었다. 이번에는 원기가 조심스러운 것 같았다. 특이하게도 원기는 엄마에게 ○○이 닮은 인형을 만들어달라고 했다. 아내는 원기의 말을 듣고 아침부터 저녁까지 꼬박 작업해 문제의 ○○이 인형을 완성했다. ○○이 인형을 안고 자려는 걸 아내가 알았던 거다.

원기는 매일 밤 그 인형을 꼭 안고 잤다. 꿈에서라도 만나고 싶어서 그랬는지….

그런데 어느 날 잠자리에 든 녀석이 소리를 지르고 난리가 났다. 뭔가가 없어지면 사람들을 다 불러 모으는 녀석이다.

"어디 간 거야? 어디 갔냐고!"

그녀가 없어진 것이다. 아니 인형이 없어진 것이다. 이불과 베개를 들추고 한참을 찾아도 없었다. 허리를 숙여 침대 밑을 보니 인형은 거기에서 외롭게 원기의 손길을 기다리며 엎어져 있었다. 원기는 근육이 뻣뻣해서 몸을 숙이지 못하는데다, 무릎도 좋지 않아 침대 밑을 보지 못한다.

"야, 여기 있잖아. 너 ○○이를 이렇게 홀대하면 어떡하니? ○○가 너 싫어하게 될지도 몰라."

"아빠, 닥쳐!"

단호하고 우렁차게 소리를 지른다. 아빠에 대한 매너라고는 조금도 없는 녀석이다. 그래도 원기가 누군가를 좋아한다는 사실이 반갑기만 하다.

어느 날은 원기가 한참 거울을 보더니 말했다.

"아빠, 나 말이야. 이렇게 머리카락도 없고 얼굴도 그래서 ○○이가 안 좋아하는 거겠지? 휴, 나는 왜 이렇게 생겼을까?"

순간 가슴이 내려앉으면서 얼어붙었다. 울컥하는 마음을 겨우 누르며 원기에게 조곤조곤 말해주었다.

"원기야, 무슨 소리야. 우리 원기는 귀엽고 멋있어. 그리고 머리카락 없는 게 그렇게 중요해? 머리카락 없는 사람도 많아. 차두리 선수도 없잖아. 요즘에는 일부러 머리를 밀고 다니는 사람이 얼마나 많은데? 아무 걱정 하지 마. 그리고 아빠가 있잖아. 아빠랑 살면 되지."

다행히 원기는 그 말을 듣고 씨익 웃는다.

그날 밤, 잠든 원기를 보면서 마음이 아려왔다. 내 아들 원기가 아름답고 설레는 사랑을 못해볼 수도 있다고 생각하니 너무 가엽게 느껴졌다.

"원기야, 여자친구 없으면 어떠니? 아빠가 있잖아."

녀석을 쓰다듬으며 혼잣말로 중얼거렸다. 그리고 간절히 기도했다. 원기 녀석이 아빠인 나에게도 다 말하지 못하는 많은 것들을 털어놓을 수 있는, 원기에게 힘이 되어줄 수 있는 여자친구가 꼭 생길 수 있기를….

기다리던 검사

미구엘을 만나면서 게스트하우스를 떠나 다른 숙소를 잡아야겠다는 생각을 접었다. 침대라고 할 수도 없는 희한한 침대에서 며칠 버텨보기로 마음먹었다. 조금만 움직여도 침대 다리가 부서질까봐 얼마나 조심했는지 모른다. 다행이 원기와 수혜는 잠을 잘 잤다. 반면 아내와 나는 그러지 못했다. 깊이 잠들지 못하는 때면 우리는 공동주방으로 가서 커피를 내려 마셨다.

"우리 잘 온 거겠지? 잘하고 있는 거겠지?"

보스턴에 오기 위해 정말 정신없이 준비했다. 일하던 교회도 그만두었다. 그렇게 보스턴에 도착하니 제대로 잘 가고 있는 건지 걱정과 불안이 몰려왔다. 원기가 조로증이라는 사실을 알게 된 뒤 아내와 나는 언제나 그랬다. 하나라도 붙잡을 만한 게 있다면 미친 사람처럼 달려들었다. 그렇게 달려들다가 더이상 뒤로 물러설 수 없을 때가 되어서야 아내와 나는 우리가 잘하고 있는 건지 되묻곤 했다. 그러기를 얼마나 반복했는지 모른다.

원기와 수혜는 정말 신기하게도 뒤척이지 않고 푹 자는 것 같았다. 아이들에게는 시차도 예외인 듯했다. 병원 밖은 정말 조용했다. 한국이었다면 사람들로 넘쳐나 정신이 없었을 텐데 보스턴은 정반대였다.

보스턴아동병원에 머물고 있는 희귀질환을 앓는 수많은 아이들에게는 공통점이 있었다. 얼굴에 그늘이 없어 보였다는 점이다. 공동주방에서는 각자 가져온 음식을 조리해 나눠먹기도 했는데, 병원 숙소가 아니라 외국 하숙집 같은 느낌이었다.

평화로운 시간이 지나고 드디어 운명의 한 주가 시작되었다. 월요일은 검사를 받기보다는 여러 서류를 작성하는 데 시간을 보냈다. 병원에서 붙여준 통역 분은 우리가 어떤 검사를 받는지 친절히 알려주었고, 또 검사를 받을 때 원기가 불편해 하는 부분이 어디인지 의사에게 잘 전달해주었다.

검사 첫날 그토록 보고 싶었던 사람을 만났다. 바로 조로증재단을 만든 레슬리 고든 박사다. 조로증을 앓았던 그녀의 아들 샘은 우리가 보스턴에 오기 일 년 전에 사망했는데 미국인들에게는 많이 알려져 있었다. 그런데 첫인상은 별로 좋지 않았다. 따뜻한 느낌을 전혀 받지

못했다. 그녀는 우리에게 검사를 잘 받길 바란다고 이야기했고 돌아가면 로나파닙이라는 약을 꾸준히 복용하라고 일러주었다. 방을 나서기 전에 꼭 물어보고 싶은 게 있었다. 그 약이 좋은 약이라면 왜 당신 아들이 세상을 떠났냐고 통역을 통해 질문했다. 그녀의 대답은 간단했다. 샘도 그 약을 열심히 먹었지만 어쩔 수 없는 일이었다고 말이다. 전혀 궁금증이 해결되지 않았다.

레슬리 고든 말고는 보스턴아동병원에서 근무하는 다른 사람들은 정말 친절했고 따뜻했다. 무엇보다 간호사 분들이 한국과는 매우 느낌이 달랐다. 아동병원이라 그런지 간호사복이 아니라 편안한 차림의 복장을 하고 있었다. 특히 수간호사는 좀더 자유롭고 전문적이었다. 아이 한 명 한 명을 매우 세심하게 오랫동안 봐주었다.

병원비가 한국과는 비교도 안 될 만큼 비싸서 그런지도 모르겠다고 생각했다. 원기처럼 희귀질환을 앓거나 극빈층은 이 병원을 이용할 수 있지만, 평범한 가정의 아이는 병원비가 너무 비싸 병원 이용을 꿈도 못 꾼다는 것이다. 나중에 들은 이야기지만 원기와 같은 검사를 받으려면 최소 1000만 원 이상 비용이 든다고 한다.

그럼에도 아이들을 대하는 태도는 아무리 생각해도 좋았다. 아이들은 병원 복도에서 마음껏 뛰어다녔고 심지어 공을 차는 아이도 있었다. 의사나 간호사를 비롯한 병원 모든 관계자는 아이들이 뛰어다니면 벽으로 바짝 붙었다. 아이들이 지나가고 나서야 움직였다. 모든 것이 아이들 위주였다.

검사 둘째 날이 되자 원기의 외형적인 부분을 살피기 시작했다. 체중과 키 그리고 여러 운동능력을 확인했다. 편안하고 좋았던 건 그때까지였다. 셋째 날부터 피검사를 비롯한 본격적인 진료가 시작되었기 때문이다. 피검사는 늘 원기에게 공포감을 주었다. 피검사를 할 때마다 원기가 얼마나 울어대는지 피를 뽑고 나면 원기도 나도 아내도 지쳐버렸다.

아침에 일어나자마자 원기를 품에 안고 숙소에서 병원까지 10분 정도를 걸어갔다. 두 간호사가 원기를 반갑게 맞아주었는데, 속으로 '저분들이 끝까지 웃을 수 있을까' 싶어 무척 걱정되었다.

보스턴아동병원은 마취크림을 바른 뒤 피를 뽑았다. 시간이 지나 마취가 된 원기 팔에 주삿바늘을 찌르려는 순간 여지없이 귀를 찌를 듯한 원기의 울음이 시작되었다. 원래는 원기를 의자에 앉혀놓고 간호사 한 명이 채혈할 계획이었지만 원기가 워낙 몸부림을 치는 바람에 할 수 없이 내가 거들어야 했다. 간호사들은 무척 당황한 눈치였다. 막상 채혈하는 동안 원기는 울지 않았다. 주삿바늘에 대한 상처가 있어서 바늘만 보면 울어대는 것이다. 이렇게 작은 녀석에게 그렇게 많은 피가 있을까 싶을 정도로 많은 양을 채혈한 뒤 고통스런 피검사는 끝났다.

마지막 검사는 피할 수 없는 MRI였다. 왜 찍어야 하는지 정확한 이

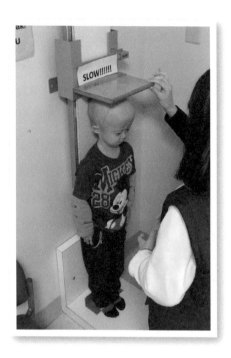

유는 알지 못했다. 몇 시간이 걸리는지도 말해주지 않았다. 한국에서와 비슷했다. 금속 성분이 전혀 없는 가운을 원기와 나에게 주었는데, 우리가 방문했을 때 보스턴은 영하 10도를 오르락내리락 하는 날씨여서 그렇게만 입고 있기가 너무 힘들었다. 그래도 원기에게는 담요를 덮어주었다.

원기에게 딱 맞는 관 모양의 튜브에 원기를 눕혔다. 양쪽 귀는 마개로 막았고 머리 윗부분에는 쿠션을 넣어주었다. 원기가 조금 컸기 때문에 수면마취를 하지 않고 일부러 잠이 들 때인 저녁시간에 맞춰 검사를 진행했다. 나는 기계에 바짝 붙어 원기에게 혹시 이상이 있는지 계속 지켜보았다. 그렇게 거의 네 시간을 원기는 기계에 들어가서, 나는 기계에 붙어서 검사를 받았다. 이전에도 그랬던 것처럼 원기는 거의 경기를 일으킬 정도로 소리를 지르며 울어댔다. 그 모습을 보는 순간 왜 그리 가슴이 저리던지, 마치 녀석이 관에 누워 있는 듯했다.

그럴 때면 나 자신에 대해, 신에 대해 미치도록 화가 난다. 그리고 이런 생각이 든다.

'내 아들이 왜 그런 괴상한 공간에 있어야 하는 걸까' 하고 말이다. 검사를 받는 내내 똑같은 질문이 수도 없이 나를 괴롭혔다.

#1

원기와 치과

아이들이 자라면서 젖니가 빠지고 새로운 이가 나는 건 자연스러운 일이다. 내가 어릴 때는 웬만한 이는 집에서 뺐다. 외할머니가 앞니를 실로 묶어 손으로 당기는 척하다 내 이마를 치면 어느새 앞니가 빠져 있었던 기억이 어렴풋 남아 있다. 심지어 엿을 먹다가 엿에 이가 그대로 붙어 빠진 적도 있다.

나중에야 이를 그렇게 함부로 빼면 안 된다는 걸 알았지만 다행히 이 뿌리가 짧아 아무 문제가 없었다. 반면 아내는 뿌리가 깊어서 대부분 치과에서 뺐다고 한다.

원기와 수혜는 나와 아내를 반대로 닮았다. 수혜는 치아 뿌리가 짧아 금방 빠졌는데 원기는 뿌리가 깊어 무척 고생하며 빼야 했다. 나혼자 우스갯소리로 이렇게 말한 적이 있다.

"이도 성격을 닮았네."

치과에서 이를 빼는 게 뭐 그리 문제가 있겠는가. 그런데 원기는 이하나도 쉽게 빼지 못하는 이유가 있다. 소아조로증을 앓는 아이들 중에는 젖니가 빠지고 영구치가 나지 않는 아이들이 있기 때문이다. 원기 역시 그럴지 몰라 조로증재단에 문의했더니 원래 치아를 최대한 보존하라는 답을 받았다.

아내와 나는 너무 걱정되어 내가 일하던 교회에 출석하는 치과의사 선생님께 상의를 드렸고, 감사하게도 원기 치아를 직접 살펴봐주셨다. 녀석은 자기 몸에 어떤 검사라도 할라치면 미리 알고 울어댄다. 의자에 혼자 앉는 것 자체를 못하겠다며 난리를 부린다. 어쩔 수 없이 혼을 내주고는 겨우 눕혔다.

입도 작은데다 긴장한 탓에 조금만 벌리니 안을 들여다볼 수 없었다. 겨우 달래 입을 좀더 크게 벌리게 하고 치아 상태를 살폈다. 이어서 엑스레이를 찍어보기로 했는데 정말 두렵고 긴장이 되었다. 과연 원기는 새 이빨을 가지고 있을까.

다행히 다는 아니어도 새로 나올 이가 자리 잡고 있었다. 원기에게 고마웠고 새로 나올 이에게도 고마웠다. 순간 울컥했지만 치아 때문에 눈물을 보이는 게 좀 쑥스러워 꾹 참았다.

그렇게 몇 년이 흘렀다. 빠질 치아는 빠졌고 새로 나야 할 것들은 났지만 좀더 심각한 문제가 생겼다. 새로 난 이는 컸지만 원기의 턱뼈

가 전혀 자라지 않은 것이다. 그래서 치아가 자리를 잡지 못하고 뒤엉켜 자랐다. 더군다나 이 녀석이 초콜릿 같은 단 음식을 너무 좋아해 충치마저 생겼다. 원기에게 말했다.

"원기야, 너 치과 가봐야겠다. 어떡하지?"

예상대로 녀석은 못가겠다며 난리를 쳤다. 하지만 원기가 싫다고 해서 그만둘 문제가 아니었다. 원기에게 계속 안 가면 아주 큰 수술을 받아야 할지도 모른다고 겁을 주자 녀석은 눈물을 글썽이더니 마음을 돌렸다. 그런데 이번에는 예전에 검사를 받았던 그 치과에 가겠다고 고집을 피웠다. 집 근처에도 좋은 의사 선생님이 많다고 말해도 무조건 거기로 가야 한다고 뜻을 굽히지 않았다. 몇 년 전 원기 치아를 봐줬던 선생님은 다른 도시로 병원을 옮기셨다. 차로 한 시간은 가야 하는 곳이었다. 어쩔 수 없이 녀석을 데리고 갈 수밖에 없었다. 차를 타고 가는 동안 녀석은 수도 없이 물어보고 또 물어봤다.

"아빠, 별로 안 아프겠지? 괜찮겠지?"

물어볼 때마다 똑같이 말해준다.

"원기야, 괜찮을 거야. 아빠가 있잖아."

"아빠가 내 옆에 있어줘야 해, 알겠지?"

병원에 도착해 원기를 눕히자 벌써부터 불안한지 눈물이 그렁그렁 고인다. 입을 벌려 치아 상태를 확인해보려고 하는데 뭐라고 중얼거린다. 그러자 선생님께서 타일러주셨다.

"원기야, 소리 내면 안 돼. 가만히 있어야 원기 치아를 잘 볼 수 있어."

원기를 처음 볼 때부터 선생님은 이 요란스럽고 고약한 녀석에게 한 번도 화를 내지 않으셨다. 늘 차분히 설명해주시고 침착하게 원기를 붙잡아주신다. 원기의 치아 상태를 확인해본 뒤 엑스레이를 찍어 분석했다.

"원기가 오늘은 세 개 정도 뽑아야 할 것 같아요. 원기 잇몸 밑에서 올라오려는 치아가 있는데 공간이 부족하다 보니 엉망이 되었네요. 영구치를 뽑을 수밖에 없어요. 꼭 원기가 아니라도 교정하는 사람의 경우 영구치를 빼기도 하니까 너무 걱정은 마세요."

무려 세 개나 뽑아야 한다니, 가슴이 철렁했다. 하지만 어느 정도 각오한 일이다. 원기의 입 안을 관찰해보면 전문가가 아니어도 뭔가 조치를 취해야 한다는 걸 느낄 것이다. 하지만 원기가 또 아픔을 느껴야 한다는 게 싫었다.

사람을 사랑한다는 게 정말 신기한 일이라는 걸 느낄 때가 많다. 원기를 키우면서 특히 그런 경험을 많이 한다. 아빠인 내가 원기의 어떤 부분을 걱정하면 얼마 안 가 그것과 관련된 일이 생긴다. 근래에도 원기 치아 상태를 계속 걱정하던 차였다.

원기는 아플 때 내는 소리가 있다.

"아야, 아야, 아야!"

굉장히 높은 톤으로 내기 때문에 나는 그 소리를 들을 때마다 예민해진다. 단지 소리가 높아서 그런 게 아니라 마치 가슴을 파고드는 송곳처럼 느껴지기 때문이다.

마취주사를 두 번이나 그 작은 잇몸에 놓았다. 너무 많은 양을 맞는 건 아닌지 덜컥 겁이 났다. 어느 정도 마취가 되자 이를 뽑기 시작했다. 원기 입은 작고 치아는 제법 크고 뿌리는 깊고…. 두 개를 뽑고 마지막 하나가 남았다. 원기 녀석이 아프다고 하자 선생님께서 마취주사를 한 번 더 잇몸에 놓아주셨다. 그러고는 잠깐 쉬었다가 마지막 남은 한 개를 뽑았다. 원기가 건강하게 잘 자랐다면 뽑을 필요가 없는 치아였을 것이다. 원기 녀석에게는 정말 소중한 치아인데 어쩔 수 없이 뽑아야 한다는 게 안타까웠다.

원기의 소중한 이를 세 개나 뽑는 대수술(?)이 끝나니 마침 점심시간이어서 선생님과 간단하게 식사를 했다. 마취가 풀려 통증이 몰려오자 원기는 계속 징징댔다. 예전에는 그걸 보기가 너무 괴로워서 나도 모르게 짜증을 냈는데 이제는 적응이 되어 그런지 괜찮았다. 그래서 원기를 보면서 웃어주었다. 나는 그저 힘내라고 웃어준 거였는데, 원기에게는 그렇게 보이지 않았나보다.

"아빠, 왜 웃어? 이게 웃을 일이야? 난 아파서 먹지도 못하는데, 뭘 그렇게 많이 먹어? 음식이 넘어가?"

어이가 없었다. 같이 식사하던 선생님도 그 모습이 귀여웠는지 웃으셨다. 집으로 돌아가는 길에 원기에게 말했다.

"야, 홍원기! 너 누가 아빠한테 화내라고 했어?"

"아파 죽겠는데 실실 웃으니까 짜증나서 그랬어. 그리고 나는 못 먹는데 아빠는 왜 돼지같이 많이 먹는 거야?"

원기가 이렇게 화를 낸다는 건 이제 좀 살 만하다는 표현이다. 고약한 분을 모시고 사니 이제는 척하면 척이다.

"아빠, 나 오늘 이 세 개나 뽑았어. 세 개나 뽑았다고."

뭔가 바라는 게 있다는 뜻이다. 모른 척하고 다시 물었다.

"근데, 어쩌라고 이놈아."

"나 힘들어. 그러니까 힘들지 않게 팽이 사줘."

요새 한참 빠져 있는 장난감 팽이가 있다.

"그래, 이놈아. 사줄게. 대신, 엄마한테는 비밀이다."

녀석은 고맙다는 인사도 없다. 자기가 그렇게 고통을 당했으니 당연히 대가를 받아야 한다는 태도다. 이 희한한 사고방식은 이해할 수가 없다.

집까지 가는 동안 원기는 잠이 들었다. 새근새근 소리를 낸다. 잠든 원기를 바라보며 속으로 중얼거렸다.

'원기야, 아빠도 너무 마음이 아팠어. 멀쩡한 이를 뽑았으니 얼마나 아팠을까. 고생했다, 원기야.'

원기 모습이 마치 어떻게든 살아내려고 애쓰는 것 같았다. 이 작고 여린 내 아들에게 왜 이렇게 힘든 일이 많은 걸까.

'어디든 아빠가 있을 테니까 끝까지 포기하지 말자, 원기야. 아빠한 테는 짜증내고 소리 질러도 돼. 마음껏.'

어느새 집에 가까워지자 녀석은 문구점에 가자고 난리다. 얼굴을 보니 아직 잇몸이 부어 있다.

어이구, 이놈. 사랑한다.

#2

원기에게
정말 미안한 마음은

한번은 원기가 말썽을 피워 단단히 혼을 내주었다.

늘 친구처럼 대해주다가 혼을 내니까 섭섭한 모양이다.

잠든 원기를 찾아가 한참을 쓰다듬어주었다.

원기에게 너무 미안한 밤이다.

친구

홍원기

친구는 참 소중하다.
속상할때, 우울 할 때
심심할 때 친구가 있으면
모든게 나아진다. 친구
랑 노는건 참 좋다.
친구는 소중하다.

#3

원기와 수영

아들을 낳으면 꼭 하고 싶은 게 있었다. 농구다. 아들이 어릴 때는 내가 이기겠지만 자라면 아빠를 가볍게 따돌리는 그런 그림을 그렸다. 하지만 불가능해졌다. 원기 녀석이 농구공을 튀기는 것도 힘겨워하니 말이다. 젊었을 때처럼 멋지게 드리블을 한다든지 멀리서 골을 넣으면 원기는 소리를 질러댄다. '원기와 함께 농구를 할 수 있었으면 얼마나 좋았을까' 하는 아쉬운 마음을 애써 달랜다. 그래도 아들과 함께 할 수 있는 운동이 있었으면 좋겠다는 생각을 늘 했다.

나이가 들면서 불어나는 몸무게로 예전만큼 뛰기 어려워지자 농구 말고 다른 운동을 해야겠다고 마음먹었다. 그러다 수영이 체중이 많이 나가는 사람에게도 무리가 가지 않는 운동이라는 걸 알게 되었고 그때부터 수영장에 다녔다. 레슨을 받은 건 아니었고 자유수영 시간에 무작정 헤엄쳤다. 허우적대는 수준이었는데 계속 하다 보니 자유롭게 할 만큼 익숙해졌다. 농구를 할 때는 사람들과 몸싸움을 하기 때문에 자주 흥분했는데, 수영은 혼자 하는 운동이다 보니 마음이 차분해지고 집중력이 좋아졌다. 그렇게 시작한 수영이 벌써 10년째다.

원기와 함께 수영을 하고 싶은 마음도 있었지만 원기가 물을 무서워하기도 하고 수영장에 가면 일일이 다 챙겨주어야 하는 걸 알기에 선뜻 같이 가자고 말하지 못했다.

다행히 원기 학교에 3학년 때부터 수영 수업이 있어서 원기도 친구들과 자연스럽게 섞여 물에 들어갈 수 있었다. 물을 무서워하던 녀석이 어느 날부터 신기하게도 함께 수영장에 가자고 졸라댔다.

"아빠, 수영장 같이 가면 안 돼? 나도 이제 수영 잘한다니까?"

그러면서 팔다리를 휘젓는 시늉을 한다. 그런데 원기와 함께 수영장에 갈 여유가 없어서 학교에서 열심히 하라고만 타이르곤 했다. 그러다 작년 여름 너무 더운데다 원기도 걱정이 되어서 온가족이 함께 동네 수영장으로 향했다.

사실 원기만이 아니라 아내도 물을 무서워하는 편이었는데, 원기 때문에 큰맘 먹고 수영장에 다니기로 했고, 다행히 수혜는 물을 좋아해 무척 반겼다.

원기 녀석이 하도 수영장에 가자고 졸라대서 엄청 잘할 거라고 은

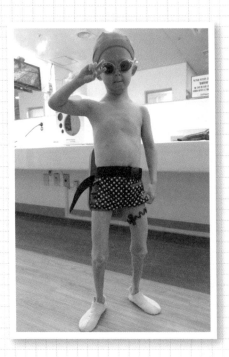

근히 기대했지만 역시나였다. 등에 부력을 높여주는 일명 거북이등을 해야 했고 발톱도 없는데다 발바닥이 얇아서 쉽게 상처가 나기 때문에 아쿠아슈즈도 따로 신겨야 했다. 완벽하게 착용해야 겨우 물에 들어갈 수 있었다. 어린이용 수영장이라 원기에게는 물이 배꼽까지밖에 안 오는데도 얼마나 조심하며 들어가던지. 그래도 제법 허우적댔다. 하지만 그것도 잠시뿐 귀에 물이 들어갔다며 징징댄다. 무엇 하나 무난하게 넘어가는 법이 없다.

아무리 덩치가 작아도 열한 살인데 아이처럼 떼를 쓰니 혼내야 하나 말아야 하나 갈등이 일었다. 혼나기라도 하면 얼마나 크게 울어대는지 사람들이 쳐다볼까봐 신경도 쓰였다. 게다가 소변이 마려우면 꼭 아빠를 찾는다.

"야, 도대체 언제까지 아빠랑 화장실 갈래? 오줌이 마려우면 알아서 갔다 와!"

순간 나도 모르게 감정이 폭발해버렸다. 원기를 보니 큰 눈에 눈물이 글썽였다. 그렇게 티격태격하며 일주일에 두세 번씩 수영장에 함께 다녔다. 여름이 지나면 그만 하려나 싶었는데 신기하게도 원기는 포기하지 않았다. 덕분에 아내도 물에 익숙해졌다. 뜻하지 않게 온가족이 함께 할 수 있는 운동이 생긴 것이다.

물론, 많은 것을 감내해야 했다. 옷을 갈아입을 때 머리카락이 없는 원기를 보고 아이건 어른이건 신기하게 쳐다본다. 원기는 그 시선에 예민하다.

"자꾸 왜 보는 거야? 짜증나, 진짜."

원기보다 어린 친구 중에는 원기가 동생인 줄 알고 몇 살이냐고 물어본 적도 있다. 그러면 원기는 분을 못 이겨 눈물을 흘린다. 이런 일들은 어쩔 수 없다. 시간이 흘러도 마찬가지일 것이다. 그럴 때면 원기를 몇 번이고 위로하고 안심시킨다.

"원기야, 뭐가 걱정이야? 왜 그렇게 화를 내? 아빠가 있는데."

그러면 원기는 이렇게 말한다.

"아빠가 좀 세게 나가야지. 그게 뭐야!"

만만한 건 또 아빠뿐이다.

겨울이 되었는데도 원기는 여전히 수영장에 가자고 졸라댄다. 어느 날 이런 마음이 들었다.

'농구는 함께 할 수 없지만 그래도 아들과 함께 할 수 있는 운동이 생겨서 다행이다.'

즐겁게 수영장에 다닐 수 있을 만큼 원기 몸이 버텨준다는 게 새삼 감사했다. 물에서 원기는 훨씬 자유롭다. 얼마나 천방지축 뛰어다니고 싶었을까. 한 가지 바람이 있다면 언젠가 원기와 수영대회를 나가보는 것이다. 언젠가 꼭 이뤄질 거라 믿는다. 조금만 더 욕심을 낸다면, 원기와 오랫동안 수영장에 다녔으면 좋겠다.

사랑하는 딸 수혜

보스턴에 간 건 원기 때문이다. 아내와 나 그리고 원기는 재단에서 비행기 티켓을 제공해주었지만 수혜는 그렇지 않았다. 우리가 비용을 지불해야 했다. 수혜를 한국에 두고 갈 생각도 했다. 너무 먼 곳이었고 더군다나 병원에만 계속 있어야 하는 여정이었기 때문이다. 하지만 일곱 살이던 수혜만 두고 갈 수는 없었다.

보스턴에서도 모든 일정이 원기에게 맞춰져 있었다. 숙소로 돌아오면 가족이 함께 움직였지만 낮에는 보통 수혜 혼자 있어야 하는 때가 많았다. 수혜는 보스턴아동병원에 있는 놀이방에서 우리를 기다리곤 했다. 아내와 내가 원기와 같이 있어야 할 상황들이 종종 생겨서다. 한참 뒤에 놀이방으로 수혜를 찾으러 가면 수혜는 짜증 한 번 내지 않고 반갑게 맞아주었다. 고작 일곱 살인 아이가 말이다. 그렇게 며칠이 지나자 수혜도 힘들어 했다. 검사가 끝나는 오후가 되면 수혜 얼굴은 시무룩해졌다.

어느 날 일찍 검사가 끝나 원기가 엄마와 쉬고 있는 사이 시무룩해진 수혜를 데리고 가까운 곳에 있는 하버드대학교 의과대학원으로 산책을 다녀왔다. 하버드대학교 의과대학이라 쓰인 큰 벽 앞에서 수혜를 세워놓고 사진 한 장을 찍어주었다. 수혜가 나중에 커서 오빠 같은 희귀질환을 앓는 아이를 치료하는 멋진 의사가 되기를 바라면서.

수혜는 어릴 때부터 늘 기다려야 했다. 오빠 때문에 수혜는 항상 두 번째였다. 안아주는 것도 그랬다. 수혜는 엄마에게 늘 오빠를 먼저 안아주라고 말하는 아이였다. 자기도 엄마 품에 안기고 싶으면서 말이다. 사실 정상적인 가정이었다면 가장 귀여움을 받아야 할 막내였을 텐데.

원기 때문에 속상해서 아내와 다툴 때면 수혜는 조용히 한구석에서 장난감을 가지고 놀거나 그림을 그렸다. 내가 좀더 어른다웠다면, 내가 좀더 훌륭한 부모였다면 수혜에게 더 많은 관심과 사랑을 줬을 텐데 하는 아쉬움에 수혜에게는 늘 미안하다.

기다림, 이별, 결핍… 사실 수혜는 다른 아이는 전혀 경험해보지 않는 상황을, 아니, 경험해봐서는 안 될 상황을 경험하고 있는 것이다. 회피이고 핑계이며 어쩌면 욕심일 수도 있겠지만 이런 상황이 수혜가

어른이 되는 데 방해물이 되는 게 아니라 좋은 영양분이 되기를 기도
할 뿐이다.

　사람들을 넓게 이해하고 배려하는 사람, 사람들이 보지 못하는 걸
느낄 수 있는 사람으로 자라가길 간절히 바란다.

#1

원기의 웃음소리

동료 목사인 친구가 이런 말을 했다. 원기가 세상을 떠날 수도 있다는 걸 염두에 두고 준비하면 어떻겠냐고 말이다. 천국에 소망을 두고 살았으면 좋겠다는 말도 덧붙였다. 시간이 흐르니 이제는 이런 말을 들어도 마음이 흔들리지 않는다. 솔직하게 말하면 나도 언제부터인가 그런 생각을 했다.

원기가 조로증이라는 걸 알았던 때가 벌써 7년 전이다. 그때는 원기가 나보다 먼저 세상을 떠날 수도 있다는 사실을 인정하고 싶지 않았다. 어떻게든 바꿔놓고 싶었다. 그래서 온갖 치료를 시도해봤다. 물론 그 치료로 원기의 상태가 좋아진 부분도 있고, 정상적이지는 않지만 혼자서 활동하는 것도 가능해졌다. 하지만 가끔 원기의 어릴 적 사진들을 보면 외모에서 노화가 많이 진행되었다는 걸 느낀다. 살은 점점 빠져 이제는 말라깽이가 되었다. 지방이 피부에 쌓이지 않기 때문이다. 아버지를 보며 느끼던 감정을 아들을 보며 느끼게 될 줄은 상상도 못했다. 도저히 받아들일 수 없는 원기의 병을 이제는 어느 정도 인정하면서 원기도 가족도 버티는 중이다.

얼마 전에는 글을 쓰는 내 옆에서 자기도 공부해보겠다며 수학 문제를 푼 적이 있다. 원기는 수학을 잘 못한다. 초등학교 5학년이 될 녀석이 아직도 곱셈이나 나눗셈에 익숙하지 않아 한참 헤매고 있으면 내가 옆에서 조금 도와준다. 그런데 녀석은 문제를 풀면서 왜 그리 말이 많고 딴짓을 하는지. 어려운 문제를 한참 붙들고 있기에 모른 채 하고 있자니 자꾸 연필로 나를 쿡쿡 찔러대면서 말을 건다.

"아빠! 아빠!"

"왜? 아빠 글 쓰고 있는 거 안 보이니?"

"아빠, 내가 지금 열심히 하려고 하는데 안 되잖아. 그러니까 아빠가 도와줘야지."

못 이기는 척 살짝 도와줬더니 다행히 문제를 풀었다. 녀석은 그 작은 손으로 책상을 치며 말한다.

"아, 진짜 쉬운 건데! 나는 왜 이렇게 안 되지?"

작은 손으로 머리를 만지며 괴로워한다. 머리카락이 있었으면 움켜쥐기라도 했을 텐데 그저 쓰다듬고 만다. 그 귀여운 모습을 정말 오랫

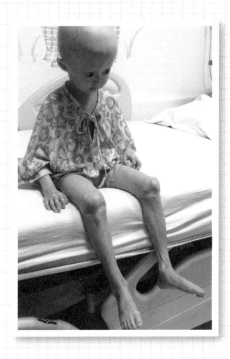

동안 보고 싶다는 생각이 들었다.

친구의 말을 듣고 나는 이렇게 대꾸했다.

"천국이 있다는 게 뭐 그리 중요하냐?"

"야, 너 제정신이야? 목사라는 녀석이 무슨 말이야?"

"내 아들이 세상을 떠나서 천국에 가고, 그래서 행복할 거라고 믿고 살아가는 게 얼마나 큰 위로가 될까? 그리고 그게 아이를 보내기 위한 준비인 걸까?"

내 대답을 듣고 열을 내는 친구에게 이렇게 말했다. 내 삶에서 원기가 살아 숨 쉬고 함께하는 게 중요하다고. 원기가 아무리 좋은 곳에 있다 해도 내게는 전혀 도움이 되지 않는다고. 목사라는 게 뭐 그리 중요하냐고…

조금 감정적으로 반응했지만, 한편으로는 나를 생각하는 친구의 마음도 이해가 되었다. 하지만 단지 '원기가 천국에서 잘 지내겠지'라고만 생각한다는 게, 그리고 그것이 위로의 전부라는 게 억울했다. 아니, 그것이 신의 선물이라고 받아들이며 사는 게 화가 났다.

친구와 나는 더이상 원기에 대해 말하지 않았다. 집으로 돌아와 잠든 원기를 보았다. 밤마다 보고 또 보는데도 그날은 더 간절하게 보고 싶었다.

녀석이 세상을 떠나면 내 가슴속에 계속 남아 있는 것들은 뭘까.

한참 생각하는데 녀석이 잠꼬대를 한다. 누군가와 싸우는 듯하다. 요새 '가면라이더'라는 프로그램을 자주 봐서 그런 것도 싶다.

　눈물이 맺혔다가 웃음이 나왔다. 잠꼬대를 들으니 원기가 이 세상을 떠날 때 내 가슴에 맺힐 것은 무엇보다 원기 목소리일 것 같다는 생각을 했다. 한밤중에도 그 가늘고 고운 목소리로 "아빠, 아빠" 하고 외치는 그 목소리를 말이다.

#2
장례식장에서

목회자로 살아가면서 제일 엄숙하고도 가슴 아픈 순간이 있다. 교회 성도 가족의 죽음 때문에 치러야 하는 장례식이다. 보통 목회자는 장례식장에 찾아가 예배를 드리고 유가족을 위로한다. 요즘은 대부분 화장을 하기에 화장터까지 따라가기도 한다. 그럴 때면 마음이 항상 무겁다. 죽음을 가까이서 느끼는 게 자연스러운 사람이 누가 있겠느냐만.

어느 날 교회 한 청년의 아버지가 돌아가셨다는 연락을 받았다. 몇 년 전 오토바이 사고로 식물인간이 되신 뒤 요양병원에 계시다가 결국 돌아가신 것이다. 보통은 장례를 치르고 화장터까지만 가는데 아직 어린 청년이기도 하고 마음이 계속 쓰여서 납골당까지 함께 갔다. 납골당에 청년 아버님을 모신 뒤 거기에 있는 여러 사람의 사진을 보

게 되었다.

나이가 많아 돌아가신 분도 많았지만 젊은 나이에 생을 마감한 이들도 적지 않았다. 젊은 여자의 사진도 있었고, 젊은 남자의 사진도 있었다. 그러다 아홉 살에 생을 마감한 여자 아이의 사진 앞에서 걸음을 멈추고 말았다. 무엇 때문에 그리 일찍 삶을 마감했는지는 모르겠지만 그 사진을 보니 녀석이 떠올랐다.

집으로 돌아오는 내내 마음이 무거웠다. 내 얼굴이 어두워 보였는지 원기가 슬며시 말을 걸었다.

"아빠, 왜 그래? 무슨 일 있어? 기분 풀어. 내가 있잖아."

'그래, 원기가 있지, 원기가 있으면 극복할 수 있겠지.'

속으로 중얼거렸다. 만약 원기 녀석이 없어진다면 결코 극복하지 못할 것만 같았다. 어쩌면 그리 멀지 않은 미래에 내게 닥칠 가장 힘든 문제일지 모른다. 어느 정신 나간 부모가 제 아이의 장례식을 생각하겠느냐만, 장례식장을 다녀오니 그날 밤에는 정신이 또렷해졌다. 하나님께 투덜거렸다.

"하나님, 그때 저는 어떤 마음일까요. 어떤 생각을 할까요. 원기가 죽으면 화장해야 할까요. 원기의 시신이 화장되어 한줌의 재로 항아리에 담길까요. 원기 사진은 어떤 걸로 해야 할까요. 원기 생일이 되면 찾아가겠지요. 초콜릿, 사탕, 젤리처럼 원기가 가장 좋아하는 걸 갖다 놓겠지요…."

원기가 정말 즐거워하는 일을 해줘야겠다고 생각했다.

어쩌면, 시간이 얼마 없을지도 모르니까.

#3

새끼손가락

원기가 소아조로증이라는 사실을 알게 되었을 때 아내와 밤마다 나눈 이야기가 있다.

"원기가 유치원을 졸업할 수 있을까?"

"원기가 초등학교에 갈 수 있을까?"

시간이 흘러 원기가 유치원 졸업발표회를 하던 날, 아내와 나는 긴장해서 큰 눈만 껌뻑거리던 녀석을 보면서 얼마나 울었는지 모른다. 어쨌든 건강하게 유치원을 졸업할 수 있다는 사실이 너무나 감격스러웠다.

이제 열두 살이 된 원기는 말하는 것이나 생각하는 것이나 사춘기에 접어들 나이가 되었다. 그래도 녀석은 내 새끼손가락을 잡아야 할만큼 키가 작다. 다섯 살에도 열두 살에도 말이다.

원기가 내 새끼손가락을 잡고 걸어다니기 시작했을 때 나는 녀석이 얼른 커서 손을 잡고 걸어갈 수 있었으면, 더 크면 어깨동무를 할 수 있었으면 하고 상상했다. 물론 전혀 상상치 못한 방향으로 인생은 흘러갔지만…. 그 막막하기만 하던 길 한복판에서 우리 가족은 조금씩 방향을 잡았고 그렇게 곧장 걸어나갔다. 어쩌면 갈기갈기 찢길 것만 같았던 그 힘든 시간이 우리 가족을 더 끈끈하게 엮었는지도 모르겠다. 이제는 진짜 가족이 된 것 같다.

어느 날 밤, 잠깐 산책을 다녀오려고 주섬주섬 옷을 입었다.

"아빠, 이 밤에 어디 가는 거야?"

"아빠 산책 나갔다 올게. 밤에 운동을 해야 살이 좀 빠지지."

"살 빼려면 운동을 많이 해야 돼. 안 되겠어, 나랑 같이 가."

웬일인지 녀석이 같이 가자며 옷을 챙겨 입는다. 사실 원기는 옷 입는 것도 힘들어하는 편이다. 무릎이 잘 굽혀지지 않고 허리도 숙여지지 않아서 특히 바지를 입거나 양말을 신을 때 시간이 오래 걸린다.

"아니야, 아빠 혼자 나갈게. 빨리 갔다 올게."

"안 돼. 운동을 하려면 제대로 해야지. 내가 옆에 있어야겠어."

굳이 따라 나서겠다고 애쓰는 녀석을 말릴 수가 없었다. 옷을 입을 때까지 조금 기다려야 했다.

"다 됐니, 원기야?"

녀석은 옷을 빨리 입으려고 낑낑댔다. 결국 내가 양말을 신겨주었다. 그리고 늘 그랬던 것처럼 내 새끼손가락을 원기에게 내밀었다. 밤을 무서워하는 녀석은 유난히 힘을 줘 내 새끼손가락을 움켜잡았다. 갑자기 장난기가 발동했다. 고양이 소리를 굉장히 싫어하는 원기를 놀려주고 싶었다. 입으로 고양이 소리를 냈다.

"야옹, 야~옹, 야옹."

순간 걸음을 멈춘 원기는 내 장난인 걸 알고는 한 마디 던진다.

"아빠, 닥쳐! 닥치라고!"

"야, 이놈아. 어디 아빠한테 닥치라니?"

"누가 장난치래? 이 밤에?"

고양이는 그렇게 무서워하는 녀석이 고양이보다 훨씬 큰 아빠는 전혀 무서워하지 않는다. 한 마디도 지지 않는다. 더 웃긴 건 녀석은 대들면서도 내 새끼손가락은 꼭 쥐고 있다. 산책을 마치고 집으로 돌아오면서 나도 모르게 원기에게 말했다.

"원기야, 우리 원기가 벌써 열두 살이다. 열두 살…"

더 말을 하다가는 눈물이 날 것 같아 입술을 다물었다. 원기가 열두 살이라는 게 왜 이렇게 감격스러운지. 그날 밤 정말 오랫동안 하지 않았던 기도를 간절히 드렸다. 기도를 하면서 나도 모르게 녀석이 꼭 쥐고 있던 내 새끼손가락을 만졌다.

"하나님, 원기가 내 새끼손가락을 더 오랫동안 쥘 수 있게 해주세요."

또 눈물이 났다. 원기의 키가 자라는 것도 더 건강해지는 것도 바라지 않는다. 단지 내 새끼손가락을 꼭 쥐고 원기와 산책할 수 있는 날이 조금 더 길어졌으면 하는 바람뿐이다.

원기가 자고 있는 방으로 들어가 내 새끼손가락을 쥐었던 원기의 손을 가만히 만졌다. 녀석이 요새 자기 손을 보고 이렇게 말한 적이 있다.

"내 손등은 왜 이렇게 쭈글쭈글하지?"

로션을 가지고 와서 손등에 발라주었다. 그러곤 오래도록 문질러 주었다. 내 새끼손가락을 원기의 손에 쥐어보았다. 예민한 녀석은 잠을 깼다.

"아빠, 뭐하는 거야?"

"아빠, 울어? 왜 그래?"

"어, 아냐… 잘 자, 원기야."

얼른 방에서 나왔다. 원기에게 들킨 게 부끄러워 웃음이 나왔다. 요즘 늘 있는 일이다. 아무리 피곤해도 좀처럼 잠이 오지 않는다. 새벽 2시가 다 되어서야 겨우 잠자리에 드는데 그래서 좋은 점도 있다. 한 방을 쓰는 원기와 수혜의 자는 모습을 여러 번 살필 수 있다. 아무래도 원기를 좀더 많이 보게 된다. 원기의 모습을 다시는 못 볼 것 같은 불안감이 들어서다. 간절한 마음을 담아 원기에게 종종 이렇게 말한다.

"원기야, 힘내자. 원기야, 건강하자."

원기야, 내 새끼손가락은 언제나 너에게 내어줄게. 꼭 너에게만 허락할게, 원기야. 힘내자, 오래 살자, 아들아.

원기와 모자

보스턴아동병원에서 의사나 자원봉사자 또는 간호사들과 마주치면 원기를 보고 먼저 인사를 건넸다.

"Hi, Hello!"

머리카락이 없고 키가 작고 눈썹도 없고 코도 작은 원기는 언제나 자기를 보는 이상한 시선 때문에 스트레스를 받곤 했는데 보스턴아동병원에서는 달랐다. 누구나 원기를 편안하게 대해주었다. 나도 덩달아 신이 나고 기분이 좋아졌다. 그래서 병원 진료를 받는 셋째 날 원기에게 제안을 하나 했다.

"원기야, 병원 안에서는 모자를 벗고 다니면 어때? 널 이상하게 보는 사람도 없고 또 미구엘도 당당하게 다니잖아."

원기는 그래도 좀 조심스러웠는지 명확하게 말해주지 않았다. 하지만 병원에 도착하자 원기는 이렇게 말했다.

"아빠, 나 모자 벗을게."

원기는 사람들이 모인 공공장소에서 처음으로 모자를 벗고 돌아다녔다. 그 장면을 잊을 수가 없다. 사람들은 어제와 똑같이 원기에게 인사를 건네며 아는 척을 했고, 원기는 약간 들떠서 인사를 받아주었다.

한국에서는 공공장소에서 모자를 벗은 적이 없다. 보스턴에서 원기가 모자를 벗었던 그 시간이, 원기가 아무렇지도 않게 돌아다녔던 그 모습들이 가끔 너무나 그립다.

모자에 대한 에피소드가 하나 있다. 보스턴아동병원은 당연히 보스턴에 있다. 그곳에 방문했을 때는 미국이라는 나라가 야구를 좋아한다는 것도, 그 지역에 보스턴 레드삭스라는 명문 구단이 있다는 것도 잠시 잊었다. 원기에게는 모자가 많은데 대부분 미국 메이저리그 구단 모자다. 그런데 하필 원기가 보스턴에서 쓰던 모자가 뉴욕 양키스 모자였다.

보스턴에 있는 동안에는 검사 일정을 피해 식사를 해야 해서 시내를 돌아다닐 여유가 없었다. 그래서 근처 건물의 지하 푸드코트에서 식사를 해결했다. 다양한 음식들이 있었는데 제법 맛있었다. 일본식 덮밥이 입에 제일 맞았지만 그것만 먹을 수는 없어서 다른 것들도 주

문해보기로 했다. 멕시칸 브리또 맛이 궁금했다. 멕시칸 식당에 들어서자 요리하는 분이 내 옆에 서 있는 원기를 보고는 뭔가를 말했다.

"You like yankees so much!"

그때까지도 그게 무슨 의미인지 눈치 채지 못했다. 그런데 그날 저녁 한인교회 분들과 식사를 하면서 낮의 일을 이야기했더니 웃으면서 농담처럼 겁을 주셨다.

"목사님, 지금이 야구 시즌 중이었으면 아마 목사님 가족은 봉변당했을 수도 있어요. 하하."

"예? 무슨 말씀이신지…;"

"목사님, 여기는 보스턴이에요. 보스턴 레드삭스를 미치도록 사랑하는 사람들이 사는 곳이죠. 보스턴 레드삭스의 가장 큰 라이벌이 뉴욕 양키스고요."

"아, 그랬군요!"

그날 집에 돌아올 때까지 원기 모자에 있는 뉴욕 양키스 로고를 가리느라 애를 먹었다. 무슨 소용이 있겠느냐만 괜히 불안한 마음이 들어서다. 생각해보면 병원에서도 계속 그 모자를 쓰고 있었다. 사람들이 뭐라 생각했을지 웃음만 나온다.

#1

어느 할아버지와
아들의 이야기

내가 근무하는 교회에 어느 날부터 어떤 할아버지와 아들이 함께 나왔다. 할아버지의 아들은 말도 못하고 듣지도 못하는 장애를 가진 분이었다. 예순 가까이 되었는데도 아버지의 돌봄 없이는 살아갈 수 없다. 다행히 할아버지는 여든이 넘었는데도 정정하신 편이다. 그러나 아들은 건강이 좋지 않다. 알고 보니 당뇨에 피부질환을 앓고 있었다.

매주 빠지지 않고 교회에 나오는데 예배가 끝난 뒤에는 교회 식당에서 함께 아침을 먹는다. 그런데 어느 날부터 할아버지는 속이 좋지 않다며 나에게 아들을 부탁하고는 먼저 가셨다.

"이 녀석 밥만 먹여 보내줘…."

나중에 알게 된 사실은 할아버지가 아침을 늦게 드시거나 잘 안 드시는데, 아들을 위해 매번 함께 식사를 했던 것이다. 그러다 나와 같이 식사를 하게 된 뒤로는 잘됐다 싶어 나에게 아들을 맡기고는 먼저 집으로 가신 것이다. 그렇게 처음으로 아드님과 둘만 식사를 하게 되었다. 말이 통하지 않는데다 생각조차 알 수 없었다. 그렇다고 그냥 밥만 먹을 수도 없는 노릇이어서 밥을 먹다가 눈이 마주치면 그저 웃어 보이기로 했다. 내가 웃으면 그분도 함께 웃었다.

아드님은 식사 후 꼭 식당 자판기에서 커피를 뽑아 마셨다. 커피를 먹을 때도 우리는 그저 '씨익' 웃기만 했다. 아니, 아드님이 나를 위해 웃어주는 느낌이 들 때도 있었다.

'웃는다는 것'이 신비한 힘이 있는 게 왠지 마음이 따스해지고 친근감이 느껴졌다. 웃는 것이 아드님과 내가 대화를 나누는 방식이었고 대화의 전부였다. 가끔 이분이 나에게 뭔가를 말하려는 몸짓을 보이는데 알아듣지는 못한다. 그때도 그저 웃고 만다. 비웃음이 아니다. 그냥 서로를 이해하고 소통하는 방법이다. 매주 한 번씩 같이 아침을 먹다 보니 뭔가 끈끈해지는 듯했다.

점점 일요일에 두 분을 보는 것이 기다려졌다. 나를 진심으로 반겨주고 나를 향해 웃어주는 사람이 있다는 것만으로도 마음이 든든했다. 관계라는 건 정말 신기한 힘을 주는 것이 틀림없다.

아드님과 아침을 먹고 보통 사는 곳까지 바래다드린다. 연립주택이 빼곡하게 들어선 주택가를 한참 들어가다 보면 두 분이 사는 집이 나온다. 연립주택 지하다. 할아버님은 대개 연립주택 주위를 청소하면서 아들을 기다린다.

"뭘 여기까지 데려다주고 그래요. 지 혼자도 잘 와요. 암튼 고마워요. 잠깐 들어와. 커피라도 한 잔 하고 가셔."

지하방에 들어가니 속이 안 좋을 만큼 쾌쾌한 냄새가 났다. 그래도 두 분이 매일 사는 곳인데 티를 낼 수는 없었다. 할아버님은 오래된 냄비에 물을 끓이고는 봉지 커피 두 개를 컵에 넣고 젓가락으로 휘휘 저어 주신다.

"자, 어서 드셔."

"감사합니다."

"아, 이 녀석이 목사님 때문에 교회 가는 재미를 붙였는지 일요일마다 교회 가자고 난리여. 아침 일찍 일어나서 씻고 또 씻고 면도도 하고 아주 죽었어. 6시도 안 돼 일어난다니깐 글쎄…."

커피를 다 마실 즈음 말씀해주시는 할아버지의 사연은 기가 막혔다.

"얘 엄마가 내가 예순에 갔어요. 그때부터 나 혼자 이 녀석을 돌봤지. 내가 지금 여든셋이니까 20년이 넘었네."

인생이 정리되기 시작하는 예순부터 할아버지는 더 힘든 여정을 시작한 것이다. 빨래부터 밥, 설거지, 집안 청소까지 전부 혼자 감당하셨다.

"이 녀석은 도움이 안 돼. 아무것도 못하거든. 그런데도 깔끔을 떤다고 속옷은 무조건 밤에 갈아입어. 양말은 몇 켤레씩 바꿔 신고."

그 말을 하시면서 할아버지는 웃으셨다. 할아버지가 웃자 아들도 따라 웃는다. '그럼에도' 웃을 수 있다는 게 대단해 보였다. 할아버지는 벽에 걸린 가족사진을 가리키셨다.

"이 녀석이 첫째고, 옆에 서 있는 놈이 둘째고, 그 옆이 막내인데…. 둘째는 오래전에 죽었어요."

나중에 동네 분들에게 물어보니 할아버지의 둘째 아들은 병이나 사고가 아닌 스스로 생을 마감했다고 한다. 이토록 기구한 삶인데도 어떻게 웃으며 살 수 있을까.

여든이 다 되어갈 때쯤 할아버지가 너무 힘들어 막내아들에게 큰아들을 몇 개월간 맡긴 적이 있다고 한다.

"몇 개월 지나 막내아들 집에 가보니까 글쎄 이 녀석이 삐쩍 말라가지고는 얼굴빛이 어두워져 있더라고. 아, 그런데 이놈이 나를 보니까 웃는 거야. 그러니 내가 어떻게 이놈을 그냥 두고 올 수 있겠어. 다시 데리고 왔지."

그날 아침 만감이 교차했다. 무엇이 할아버지의 삶을 이끈 원동력이었을까. 집에 돌아와 잠자리에 누웠다. 할아버지와 아들의 웃는 모습이 떠올랐다. 문득 아들 때문이라는 생각이 들었다. 아들과 함께 사니 웃을 수 있는 게 아닐까.

그날 밤도 습관처럼 원기에게 가보았다. 한참 보고 있자니 또 울컥한다. '이 녀석이 살아야 나도 웃을 수 있지. 원기야 아빠를 위해서라도 꼭 살아줘야 해. 살아 있는 것만으로 아빠는 힘이 나니까.'

원기의 몸을 어루만지며 기도했다.

'하나님, 나에게 은혜는 다른 게 아닙니다. 이 녀석입니다.'

어느 일요일 아침에도 아드님과 식사를 하고 집까지 모셔다드렸다. 그런데 점심식사 시간에 또 오셨다. 마침 빨리 점심을 먹으려고 식당에 내려온 나와 마주쳤다. 그동안 한 번도 점심을 함께 먹은 적이 없다. 오후에 할 일이 많았지만 그것보다 이분과 함께 있는 게 더 중요하다 싶어 같이 밥을 먹고 또 데려다드렸다. 집에 거의 도착할 무렵, 집 밖에 나와 계신 할아버지를 보았다.

"내가 몸살이 나가지고 계속 누워 있었거든. 근데 이 녀석이 갑자기 없어진 거예요. 어딜 갔나 걱정이 돼서 누워 있을 수가 있어야지. 그래서 얼른 나온 거야. 아이고, 그런데 내가 점심을 안 차려주니까 교회 가서 밥을 먹었구만."

걱정하던 할아버지 얼굴이 그제야 환해졌다.

"고마워요. 하여간 이놈 때문에 아프지도 못한다니까."

안절부절 못하던 할아버지는 아들을 보자마자 단번에 얼굴이 밝아지셨다. 교회로 돌아가는 동안 또 원기가 떠올랐다. 원기 역시 많은 부분 내가 도와주어야 한다. 화장실을 가는 것도, 옷을 입고 벗는 것도 말이다. 사람이 많은 곳에 가면 키가 작아 목마를 태워주어야 앞에 있는 것들을 볼 수 있고, 평발이라 오래 걷지도 못한다. 또 음식도 잘게 잘라주어야 먹을 수 있다. 시간이 흐른다고 해서 스스로 할 수 있는 일들이 아니다.

그럼에도 원기가 내 도움을 받고 나를 향해 '씨익' 웃어주면 힘이 난다. 그 큰 눈으로 나를 쳐다봐주는 것만으로도 살아갈 이유를 얻는다.

언젠가 할아버지가 슬쩍 지나가는 말로 말씀하셨다.

"내가 이놈 때문에 죽지를 못해요. 눈을 못 감을 것 같아."

한번은 이런 말도 하셨다.

"주위에서는 이 녀석을 시설에 맡기라고 해요. 근데 절대 못해. 그거 다 자기 일이 아니니까 그런 얘기를 하는 거여. 자기 일이면 그런 소리를 할 수 있는가. 이 녀석이 말예요, 얼마나 나를 찾는 줄 알아요? 밤에 자다가 자꾸 지 손으로 나를 더듬는 거야. 내가 있는가 확인하려고. 근데 어떻게 내가 이 녀석을 보내겠어. 진짜 이 녀석 없으면 내가 어떻게 살지 몰라. 나이가 드니까 더 그래. 밥도 혼자 먹으면 밥맛이 있겠어? 이 녀석 챙겨주다 보니 나도 먹게 되고 잠도 이 녀석이 자니까 자는 거여. 내가 언제까지 살려나 모르겠어…"

그 순간 진심으로 말씀드렸다.

"할아버지, 걱정 마세요. 제가 있잖아요. 제가 돌볼게요."

할아버지는 나를 지긋이 보면서 그저 내 어깨만 두드려주셨다.

두 분처럼 나와 원기도 오랫동안 함께하고 싶다고 생각했다. 연약한 모습이어도 괜찮다.

원기야, 우리도 함께 늙어가자.

내 사랑하는 아들아.

#2

삶의 중요한 순간들

"당신의 시간은 한정되어 있다. 그러니 다른 사람의 생각의 결과물일 뿐인 도그마에 빠지지 말아라. 당신의 직관을 따라라. 당신의 직관은 이미 당신이 무엇을 할지 알고 있다."

2004년 스탠포드대학 졸업식에서 스티브 잡스가 한 말이다. 다른 사람의 생각이나 경험의 결과물에서 나온 도그마, 그것이 나에게는 신앙이었다. 그 신앙이라는 도그마에서 벗어나는 데는 많은 시간이 걸렸다. 진리로 알던 것들이 얼마나 허상이고 공허한 것인지 너무도 절절히 깨달은 것이다.

사람은 더이상 밑으로 내려갈 수 없을 거라고, 더 비극적이지는 못할 거라고 생각하는 순간을 지날 때에라야 중요한 것을 알게 된다. 스

티브 잡스의 연설은 그래서 내게는 더 뼈아프게 다가왔다. 하지만 너무나 고통스런 시간을 보내다 보면 미치도록 중요했던 순간들을 지나칠 때도 있다.

　처제가 몇 년 전 찍어준 원기 동영상을 보고 깨달았다. 가늘고 힘없는 목소리로 중얼거리던 원기의 노랫소리를 들으면서 아내와 나는 원기가 얼마나 더 살 수 있을지 그 걱정만 했다는 것을. 원기의 그 예쁘고 아름다운 목소리를 한 번도 제대로 즐기지 못했다는 것을. 가슴으로 느끼지 못했다는 것을….

열 번째 이야기

또다른 선물

보스턴으로 떠나기 전 혹시 급한 일이 생기면 도움을 받을 분들이 있으면 좋겠다고 생각했다. 다행히 아는 목사님의 배려로 보스턴아동병원 근처에 있는 한인교회 집사님을 소개받았고, 한국에서 미리 전화를 드려 방문 일정을 말씀드렸다. 한 번도 본 적 없는 분인데도 무척 친절하게 대해주셨다.

보스턴에 도착한 다음 날인 일요일 아침, 집사님은 우리가 묵고 있는 게스트하우스로 찾아오셨고 함께 교회를 가게 되었다. 어떤 교회인지 걱정되기도 했고 다음 날부터 원기가 검사를 받아야 했기에 일단 나 혼자 방문했다. 다행히 널리 알려진 교회였고 사람들도 제법 많아 보였다. 집사님께서 미리 교회에 알리셔서 많은 분이 반갑게 맞아주었다.

보스턴에 있는 동안 매 저녁마다 그분들께 식사 대접을 받았다. 검사 일정이 끝난 다음에는 직접 집으로 초대해준 분도 계셨다. 내가 한국 사람이고 목사이고 아들의 검진 때문에 보스턴에 왔다는 이유만으로 그렇게 큰 대접을 받은 것이다.

일주일이라는 짧은 기간이었지만 그분들과 많은 이야기를 나눴다. 특히 집사님과는 정말 애틋해졌다. 내가 가진 사고방식과는 많이 달랐지만, 지향하는 신앙관도 달랐지만 모두 내려놓으니 통하는 게 있었다. 한국에 있었다면 거리를 두었을 분들과 마음이 이어지다니, 삶은 아이러니하다고 생각했다.

어떤 생각을 고수하며 살아가는 게 정말 좋은 삶인지, 보람을 느낄 만한 삶인지 나이가 들고 다양한 사람을 만날수록 정의 내리기 어렵다는 걸 깨닫는다.

보스턴의 한인 분들과 마지막으로 차를 마시고 한국행 비행기를 타기 위해 뉴욕으로 출발하기 전 한 여자분이 고민을 나눠주었다. 젊을 때 보스턴에 와 결혼하고 아이를 낳았는데, 시간이 지나면서 아이들과 장벽이 생겨버렸다는 것이다. 미국인의 사고방식이 몸에 밴 아이들의 진짜 속마음이 무엇인지 모르겠다며 무척 걱정하셨다.

갑자기 그분의 외로움이 느껴졌다. 속내를 터놓을 만한 친구가 그리웠다는 것을 알게 되었다. 그분과 나는 전혀 다른 삶을 살지만 그 순간만큼은 마음을 나눌 수 있는 친구가 된 기분이었다. 그것도 보스턴이라는 낯선 곳에서 말이다.

평생 해보지 못했던 경험, 선입견 없이 누군가와 대화하는 경험을 보스턴이라는 곳에서 두루 하게 된 것 같다. 오랫동안 기다리고 준비했던 보스턴 방문에서 어쩌면 우리 가족은 애초 기대했던 게 아닌 전혀 다른 걸 선물로 받은 건지도 모르겠다.

#1

조카들이 자라는
모습을 보며

    수혜는 나를 닮아 그런지 쑥쑥 자란다. 이제 열 살인데도 꼭 6학년 같다. 극과 극의 아이 둘을 키우는 셈이다. 항상 같이 있어서 그런지 원기보다 동생이 훨씬 큰데도 이상하다는 생각을 해보지 않았다. 그런데 가끔 조카들을 만나면 실감이 난다. 원기를 보고는 "오빠, 오빠" 하고 졸졸 따라다녔던 조그만 조카 녀석은 다섯 살이 되면서 원기보다 키가 훨씬 자랐다. 그 녀석을 바라보는 원기 마음이 어떨지 신경이 쓰였다. 언젠가 원기가 유난히 예뻐하는 두 살짜리 사촌동생도 원기보다 훨씬 키가 자랄 것이다.

    "괜찮아, 아빠."

    분명 원기는 이렇게 말할 것이다. 누구나 자연스럽게 얻는 것들을 원기는 얻지 못한다. 녀석은 늘 꼬마로 살아야 한다.

　그렇다 해도, 원기가 예뻐하는 사촌동생의 키가 더 자라 오히려 원기를 안아주는 때가 온다 해도, 그때까지 원기가 우리와 함께 있었으면 좋겠다.

#2

원기가 잠들 때

원기는 눈썹이 없고 눈꺼풀이 얇아서 잠을 잘 때 눈을 다 감지 못한다. 한참 원기를 보고 있으면 이 녀석이 살아 있는지 아닌지 헷갈릴 때가 있다. 어쩌면 나는 원기의 마지막 모습을 늘 상상하는 건지도 모른다. 정말 온 힘을 다해 원기를 바라본다. 원기를 내 눈에 새겨넣고 싶을 정도로.

만약 녀석이 나보다 먼저 간다면 그곳에서만큼은 잘 자라주었으면 좋겠다. 아빠인 나를 덥석 안아줄 만큼 키 큰 사람으로….

거기서도 비실대면 혼내줄 거다.

3
원기는
참 말을 듣지 않는다

원기는 참 말을 듣지 않는 녀석이다. 물론 그 나이 아이들 중에 부모 말을 잘 듣는 아이가 얼마나 되겠느냐만, 하여간 이제는 좀 컸다고 꼬박꼬박 말대꾸를 한다. 자기가 잘못한 것도 인정하지 않는다. 기가 차는 것은 혼날 때도 처음에만 잘못했다고 말하고 시간이 좀 지나면 그만하라는 식으로 대꾸한다. 충분히 알아들었다는 것이다.

"아빠, 그 정도 하면 됐잖아. 그만해도 돼. 다 알아들었어."

그럴 땐 나도 모르게 헛웃음이 나온다. 녀석은 그때를 놓치지 않는다. 아빠의 화가 풀렸다고 생각하고 자기도 웃는다.

한번은 게임을 하느라 학교 숙제를 조금도 하지 않아 마음먹고 혼내려 했다.

"야, 홍원기. 너 지금까지 빈둥대다가 뭐 하는 거야? 숙제가 이렇게

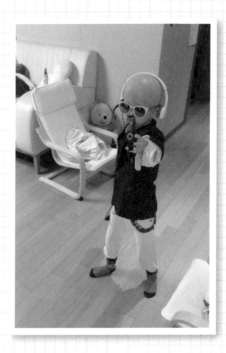

많은데 너 도대체 무슨 생각인 거야! 말해봐, 이놈아!"

그냥 넘어가서는 안 될 것 같아서 단단히 마음을 먹었다. 한참을 혼내자 그때도 녀석은 이렇게 말한다.

"아빠, 그만해. 이제부터 숙제 먼저 하면 되잖아. 다 알아들었다고!"

이번엔 좀 더 다그쳐야 할 것 같았다.

"너 어디서 혼나는 놈이 그렇게 뻔뻔하냐? 옛날 같으면 몽둥이로 엄청 맞았어! 알아?"

정신이 번쩍 들게 해줄 심산이었다. 하지만 녀석은 예상 못한 반격을 해왔다.

"아빠, 지금이 옛날이야? 과거야? 왜 옛날 얘기를 해?"

"뭐, 뭐라고?"

정말 말문이 막혔다. 뒤통수를 세게 얻어맞은 느낌이었다. 그러더니 자기 방으로 들어가버린다. 왜 이 녀석은 말도 안 듣고 말대꾸도 따박따박 하는 걸까.

밤이 되어 잠들어 있는 원기 방에 가보았다. 가만히 엎드려 자고 있는 원기를 보았다. 그러다 원기가 꽤 오랫동안 침 치료를 받았던 모습이 떠올랐다. 원기 치료에 도움이 될까 싶어 여러 병원으로 원기를 끌고 다녔을 때 원기는 잘 따라주었다. 병원에서 피를 뽑을 때도 주사를 맞을 때도 난리를 피우긴 했지만 싫다고 하지 않았다. 그러고 보면 내 아들 원기는 사실 말 잘 듣는 녀석이다.

  잠든 원기를 보며 마음이 아려왔다. 그리고 한참 원기 등을 쓰다듬
어주었다.

열한 번째 이야기

다시 일어서기

보스턴의 검사 일정을 모두 마치고 한국으로 돌아왔다. 장거리 비행이 얼마나 힘든 일인지 전혀 예상치 못했다. 잠자리에 예민한 나는 거의 잠을 이루지 못했다. 더군다나 허리까지 아파 앉아 있는 것도 힘들었다. 비행기에서 잠든 사람들이 너무 부러웠다. 제공되는 커피를 다 받아 마셔서 그런지 몽롱한 느낌이 가시지 않았다.

옆에 앉은 원기는 보스턴으로 갈 때처럼 영화에 꽂혀 있었다. 몸이 걱정되어 애써 말리고는 재웠다. 몸이 작아서 그 좁은 비행기 좌석에서도 대충 누울 수 있었다. 녀석도 피곤했는지 금방 잠이 들었다.

'원기야, 아빠가 널 위해 좋은 선택을 한 걸까? 정말 이 약이 너에게 도움이 될까?' 잠든 원기를 쓰다듬으면서 수없이 되뇌었다.

한국에 도착해서는 시차 적응을 하느라 며칠을 고생했다. 전형적인 올빼미형 인간이었던 내가 갑자기 새벽형 인간으로 바뀌었다. 원기 녀석은 다행히 시차 때문에 힘들어하는 것 같지는 않았다. 한편으로 조로증재단에서 준 치료약을 언제부터 먹여야 할지 고민이 되었다. 아내와 이야기를 나눈 뒤 원기 컨디션이 어느 정도 회복한 다음 시작하기로 했다.

며칠 뒤 원기 친구들이 놀러왔다. 원기가 잘 다녀왔는지 궁금해 찾아온 것이다. 친구들이 있을 때 처음 먹는 게 좋겠다는 생각이 들어 아이들과 함께 둘러 앉아 기도한 다음 약을 먹이기로 했다.

"하나님, 원기가 약을 먹어요. 약이 원기 몸에 잘 받아서 원기가 힘을 얻을 수 있게 해주세요."

친구들과 원기는 함께 기도했다. 첫날은 별 부작용 없이 지나갔다. 그런데 다음 날부터 원기는 속이 울렁거린다고 했다. 그래도 그럭저럭 버텨냈다. 다시 교회로 복귀하기 전 마지막 일요일에 우리 가족은 가평에 있는 특별한 교회에 가보기로 했다. 러시아 홍송으로 만든 교회인데 조명이 없어도 햇빛이 예배당까지 들어와 신비한 느낌을 주었다. 그곳에 있으니 왠지 느낌이 좋았다. 원기에게도 좋은 일이 일어날 것 같았다.

기분 좋은 마음으로 집으로 돌아오는 길이었다. 두 녀석 모두 만화책을 읽고 있었다. 그런데 원기가 갑자기 멀미가 난다며 투덜거렸다.

아내는 짜증을 냈다.

"차 안에서 책 읽으면 멀미 난다고 했잖아!"

유난히 예민하게 반응했다. 원기는 갑자기 밀려오는 멀미를 참지 못하고 차 안에다 다 토해버렸다. 그날 따라 유난히 신경질적이던 아내는 원기를 심하게 나무라더니 집에 오자마자 원기를 욕실로 데려가 씻겨주었다. 차 안을 청소하는 건 내 몫이었다. 속에 있는 걸 다 토해낸 원기는 지쳐서 잠이 들었다. 나중에 알게 되었다. 아내도 뭔가 불안한 마음이 들어 원기에게 더 예민하게 반응했다는걸.

문제는 다음 날부터였다. 다시 약을 먹여야 하는데 원기가 회복되지 않았다. 이왕 먹기 시작했는데 곧바로 중단할 수는 없어서 멀미 증세가 보일 때 먹이라고 준 또다른 약을 먹여야 했다. 약에 또 약을 먹이다니. 보스턴아동병원에서 마지막 날 수간호사가 눈물을 흘리며 해주었던 이야기가 떠올랐다. 미국에 있는 많은 아이는 부작용을 견디가며 끝까지 약을 다 먹었고, 처음으로 약을 먹었던 아이는 거의 한 달에 한 번씩 내원해 혈액검사를 비롯한 수많은 검사를 병행했다고 말이다. 그 아이들은 멀미 증세 방지약과 설사약까지 먹어가며 2년을 버텨냈다. 그러면서 지금은 약을 얼마나 먹어야 부작용을 최소화할 수 있는지 정확하게 확인되어 안심해도 된다고 말해주었다.

어쨌든 그들의 말을 믿고 원기에게 멀미 증세 방지약을 계속 먹여보기로 했다. 그런데도 원기는 계속 속이 울렁거린다며 짜증을 냈다.

다음 날 학교를 보내야 할지 말아야 할지 고민되었다.

아내는 얼굴이 어두워졌고, 수혜는 수혜대로 이리저리 눈치를 보기 시작했다. 그래도 학교를 보냈다. 학교 양호실에 누워 있는 한이 있더라도.

학교에서 돌아온 원기는 얼굴에 힘이 하나도 없어 보였다. 밥을 먹지 못해서 아내가 끓여준 죽을 먹었는데 원기는 속이 안 좋다며 계속 투덜댔다.

"좀 참아! 참으라고 원기야!"

결국 참다 못한 아내는 원기에게 소리를 질렀다. 희망을 가지고 먹이기 시작한 약이었다. '한 가닥 희망을 품고 거의 4년이라는 시간을 견뎌내며 여기까지 왔는데, 이게 뭐지?'라는 생각이 들었다. 보스턴의 간호사들이 거짓을 말한 것 같지는 않은데 말이다. 문득 어머니가 내게 했던 말이 떠올랐다.

"임상약에 희망을 걸었다가 잘못되는 경우가 얼마나 많은지 아니? 더군다나 임상약을 먹으면 부작용도 환자 본인이 다 감내해야 해서 어떻게 손을 써볼 수도 없어. 하나님께 간절히 기도해보자."

나는 하나님께 기도하면 나을 거라는 그 말이 몸서리칠 정도로 싫었다. 하나님이라는 존재가 미친 듯이 기도하면 겨우 들어주는 괴상한 존재란 말인가. 그런 존재에게 내 소중한 원기의 운명을 맡겼단 말인가. 하지만 원기가 이렇게 되고 보니 내가 어리석은 짓을 한 건 아닐

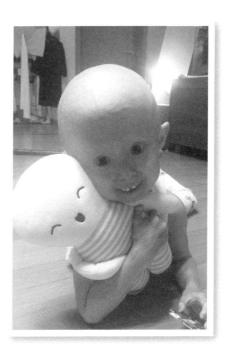

까 하는 두려움이 밀려들었다.

원기는 계속 힘들어했다. 죽조차 제대로 먹지 못했다. 아내 역시 힘들었는지 원기에게 계속 짜증을 냈다. 보고 있기가 너무 힘들었다. 아내에게 그만하라고 말할 수도 없었다. 그 마음을 아니까. 사실 원기가 약을 먹고 조금이라도 증세가 나아지면 어떻게든 미국에 가려고 했다. 미국에 있는 한인교회에 취직을 해서라도 그곳에서 원기 치료에 전념하려 했다. 막연히 원기에게 좋은 기회가 올 거라고 생각했다.

어쨌든 약은 중단할 수 없었다. 조금 지나면 원기가 괜찮아질 거라고 기대했다. 이 약을 먹은 아이가 50명이 넘고 원기와 동갑내기인 미구엘도 먹고 있으니 분명 원기도 적응할 수 있을 거라고 믿었다. 아니 믿고 싶었다.

그런데도 상황은 더 나빠졌다. 원기가 구토를 너무 자주 하다 보니 이제는 위벽이 헐어 핏덩어리가 쏟아져 나왔다. 집안 분위기는 그 어느 때보다 가라앉았다. 짜증과 분노 그리고 원망이 아내와 나를 괴롭혔다. 4년이라는 기다림의 결말이 허무하게 끝나는 게 느껴졌다.

약을 먹은 지 일주일쯤 되었을 때 원기가 겨우 말을 꺼냈다.

"엄마, 나 약 그만 먹을래. 이거 먹는다고 오래 사는 것도 아니잖아. 머리카락 나는 것도 아니잖아."

변기를 붙잡고 한참을 구역질하던 원기가 울면서 말했다. 아내 역시 원기를 붙잡고 한참을 울었다.

"그래, 원기야. 그만하자. 그만하자…."

그것으로 끝이었다. 억지로 끼워 맞추려던 모든 것을 다 내려놓았다. 약을 끊고 며칠이 지나자 원기는 밥을 먹기 시작했고, 특유의 깔깔거리는 웃음소리를 냈다. 원기에게, 나에게 좀더 많은 시간을 안기고 싶어 4년을 기다렸던 거대한 프로젝트는 그렇게 일주일 만에 막을 내렸다.

한편으로는 조로증재단에 대한 분노가 끓어올랐다. 그렇게 오랜 시간을 기다리게 했던 재단이 원망스러웠다. 자기 아들 때문에 재단을 만들었다는 레슬리 고든 박사에게 당장이라도 달려가 따지고 싶었다. 아시아의 조로증 환자 데이터를 확보하기 위해 원기 몸을 샅샅이 훑고는 검증되지도 않은 '독약'을 던져준 것 같은 생각이 들자 분노는 더 거세졌다.

며칠을 끙끙 앓다가 겨우 마음을 다잡았다. 무기력해지고 싶지 않았다. 여기서 주저앉고 싶지 않았다. 그리고 원기에게 고마웠다. 솔직하게 말해주지 않았다면 어리석은 아빠와 엄마는 그 고통을 포기하지 않았을 테니까.

그날부터 지금까지 늘 다짐하는 것이 있다. 언젠가 레슬리 고든 박사를 만나면 당신은 왜 이 약을 조로증 아이들에게 먹였느냐고, 이 연약한 아이에게 정말 이 약이 도움이 된다고 생각했냐고, 진심으로 당신은 조로증을 정복하고자 하는 마음이 있냐고 꼭 물어보고 싶다.

그리고 언젠가 소아조로증을 앓는 아이들에게 정말 도움이 되는 약을 만들어 그녀에게 보여주고 싶다.

그때까지 내 아들 원기가 살아있기를, 그래서 원기와 함께 고든 박사를 만날 수 있기를 간절히, 간절히 기도한다.

내게 가장
가치 있는 삶을 위해

"이 또한 지나가리라hoc quoque transibit."

유대교 경전의 주석서 《미드라시》에 이 말의 유래가 기록되어 있다고 한다. 다윗은 큰 전쟁에서 이기고 돌아와 세공사에게 반지를 주문했다. 그리고 그 반지에 전쟁 승리로 자신이 교만해지지 않도록, 절망적인 상황에서 용기와 희망을 잃지 않도록 문구를 새겨달라고 했다. 세공사는 고민을 거듭하다가 다윗의 아들 솔로몬에게 자문을 구했고, 솔로몬은 '이 또한 지나가리라'라는 문구를 전해주었다고 한다. 힘들고 절망적인 상황에서도 용기를 잃지 말라는, 또 일이 잘 풀릴 때도 우쭐하지 말라는 격언이다.

내게 이 말은 종종 큰 힘이 된다. 다시는 웃을 수 없을 거라 생각했던 그 시간들이 지나고 나니 나도 모르게 이 말을 중얼거렸다. 힘들고 아픈 순간들이 또다시 찾아온다면 자신 있게 그 시간을 이겨낼 수 있다고 말할 순 없겠지만, 그럼에도 조금이나마 마음은 편안해질 것 같다.

원기가 소아조로증 진단을 받은 지 7년이 흘렀다. 7년이라는 시간을 원기가 버텨낼 수 있을 것 같지 않아 가슴 졸였던 시간들을 돌아본다. 원기는 그 시간들을 이겨냈고 지금 이 순간을 열심히 살아내고 있다. 원기에 대한 글을 쓰면서 원기의 사진들을 하나하나 들춰보았다. 그중 소아조로증 확진을 받던 날 춘천의 대학병원에서 찍었던 사진을 한참 들여다보았다. 원기는 그때보다 더 나아지지 않았다. 손은 더 주름이 졌고, 그나마 있는 손톱은 혈액이 제대로 공급되지 않아 말라붙었으며, 다리는 가늘어졌고 허벅지 살은 빠졌다.

어쩌면, 시간이 다가온 건지도 모르겠다. 아니 결국 그 시간은 올 것이다. 아무리 발버둥쳐도 아무리 기도해도 그 시간은 분명 우리를 스쳐 지나가지 않을 것이다. 그렇지만 그 시간도 지나갈 것이다.

고난을 겪어본 사람들은, 힘겨운 삶을 꾸역꾸역 살아낸 사람들은 시간을 따라 모든 게 흘러간다는 사실을 마음에 새기며 살아간다. 그 래야 견딜 수 있으니까.

책을 마무리 할 때쯤 가족에게 또다시 힘든 일이 생겼다. 학년이 올

라갈 때마다 새로 들어온 1학년 동생들의 수군거림을 듣는 걸 통과의례처럼 여겼는데, 결국 아내가 무너져버렸다. 아내는 며칠 동안 기운을 차리지 못했다. '가면우울증'이었다. 감정을 가슴에 꾹꾹 눌러 담는 이들에게 나타나는 증상이다. 병원보다는 심리상담소를 택했다. 마음속에 있는 것들을 다 끄집어내는 게 우선이라고 생각했기 때문이다. 아내는 한동안 상담치료를 받기로 결정했다.

가장 가까운 사람조차 제대로 돌보지 못했다는 자괴감이 들면서 오랜만에 가족 여행을 떠나 분위기를 바꿔보려고 마음먹었다. 처음 원기의 병을 알고 힘들어할 때 찾았던 속초를 행선지로 정했다. 그리 큰 기대를 하지 않았지만 시원한 바다를 보고 맛있는 음식들을 먹고 있자니 가슴에 쌓인 응어리들이 조금씩 풀어지는 듯했다. 포켓몬고를 잡겠다며 뛰어다니는 원기와 그 뒤를 투덜대며 따라다니는 수혜의 생기발랄함이 아내의 마음을 조금이나마 회복시켰다. 아내가 말했다.

"내가 좀 오버했나봐. 원기와 수혜가 저렇게 즐거워하는데, 내가 더 기운을 내야지."

우리 가족에게 닥친 위기는 또 이렇게 지나간다.

여러 일을 겪으며 분명히 알게 된 게 있다. 미래에 대해 너무 기대하지도 말고, 너무 비관하지도 말고, 그저 담담하게 시간에 나를 맡겨야 한다는 것을.

옷을 일이 있으면 마음껏 옷고, 슬퍼할 일이 있으면 마음껏 슬퍼하는, 있는 그대로의 삶을 충실하고 아름답게 살아야 한다는 것을.

한때는 나보다 먼저 세상을 떠날 아들과 함께하는 그 운명이 너무나 가혹하다고 생각했다. 그런데 어느새 그 원망과 분노는 사라져버렸다. 지금 내게 중요한 것은 즐겁고 행복하게 하루하루를 보내는 것이니까. 온힘을 다해 행복하다고 느끼는 시간을 있는 그대로 즐기는 삶, 인간적인 냄새를 풍기며 사람들과 부대끼며 사는 삶이 내게는 가장 가치 있는 삶이 되었다.

마지막으로, 모두가 각자의 삶의 터전에서 각자의 방식으로 버텨내기를, 그 시간 속에서 또다른 행복을 찾을 수 있기를 바란다. 이 글이 조금이나마 도움이 된다면 더없이 행복하겠다.

내 새끼손가락 아들

1판 1쇄 펴냄 2017년 6월 10일
1판 3쇄 펴냄 2017년 9월 25일

지은이 홍성원
펴낸이 천경호
종이 월드페이퍼
제작 (주)아트인
펴낸곳 루아크
출판등록 2015년 11월 10일 제409-2015-000020호
주소 10083 경기도 김포시 김포한강2로 208, 410-1301
전화 031.998.6872
팩스 031.5171.3557
이메일 ckh1196@hanmail.net

ISBN 979-11-88296-01-9 03810

아이를 키우는 건 힘든 일이다. 나 역시 두 아이를 키우면서 어떻게 하면 올바르게 키울 수 있을지 끊임없이 고민한다. 그런데 원기 가족은 이보다 더 위대한 도전을 하고 있다. 어쩌면 몸이 자라도록 돕는 것보다 마음이 튼튼하게 자라도록 하는 일이 더 힘들 일일 것이다. "한 아이를 키우려면 온 마을이 필요하다"는 말처럼 혼자 힘으로는 되지 않을 것이다. 이 책을 계기로 위대한 도전을 하는 원기 가족만이 아니라 우리와 다르지 않지만 또다른 고통을 겪고 있는 아이들의 이야기에도 관심을 갖고 공감했으면 좋겠다.

_카이스트 청년창업투자지주 이사·정재호

"위기는 기회다"라는 말은 식상한 표현일 수 있지만 위기를 느껴본 사람에게는 희망의 메시지이기도 하다. 원기가 앞으로의 상황을 가늠할 수 없을지라도 절망하지 않는다면 기대해볼 만한 미래가 있지 않을까. 원기가 하루 0.1퍼센트씩 발전하는 마음으로 살아가기를 바란다.

_삼성전자 봉사팀 해바라기 팀장·한광윤

웃음 잃지 않고 적극적으로 미래를 꿈꾸는 원기의 모습이 많은 난치병 어린이들에게 소중한 희망이 되었으면 좋겠다. 더불어 사람들과 행복을 나누기 위해 크리에이터가 되고 싶다던 원기의 소망이 이뤄질 수 있도록 더 많은 분이 관심과 응원을 보내주셨으면 한다.

_샌드박스 네트워크 대표 크리에이터·도티

원기를 만나면서 한국메이크어위시재단은 원기에게 반해버렸다. 작은 체구와 달리 그 작은 머릿속에 어쩜 그리 많은 생각을 담고 있는지, 어쩜 그리 세상에 들려주고 싶은 이야기가 많은지 놀라웠다. 원기는 정말 특별한 아이다. 이 책을 통해 힘겨운 상황에 있는 수많은 이들이 원기처럼 꿈과 희망을 잃지 않기를 간절히 바라본다.

_한국메이크어위시재단 사무총장·김유경

처음 원기를 만난 날을 기억한다. 원기에 대해 미처 몰랐던 나는 원기보다 키가 큰 동생 수혜에게 "동생은 몇 살이야?"라고 물었다. 모자를 푹 눌러쓰고 있던 원기가 시크하게 말했다. "내가 오빠데요." 나는 그때 본 희망을 머금은 원기의 얼굴을 잊을 수 없다. 마냥 여리게만 보였던 원기의 그 작고 빛나던 눈을…. 이 책에는 작은 별처럼 빛나는 원기와 원기가 환하게 빛나도록 밤하늘이 된 이들의 이야기가 은하수처럼 펼쳐져 있다. 내가 만난 작은 기적을 여러분도 마주하길 기대한다. 사랑과 가족의 의미를 잃어버린 이들에게 이 책이 큰 힘이 되었으면 좋겠다.

_주식회사 미디어브레인 대표·윤주훈

희귀질환을 앓는 원기를 키우면서 써내려간 아버지의 이야기를 읽으며 하염없이 눈물이 흘렀다. 원기 아빠와 엄마의 모습을 안타깝게 여기는 예수님의 모습도 같이 보였다. 또 그 누구보다 밝게 생활하는 원기가 더 사랑스러워졌다. 이 글을 읽는 모든 사람이 원기의 건강을 위해 두 손을 모아주기를 기대한다.

_밀알두레학교 교장·정기원

한 아이가 목양실 문틈 사이로 빼꼼히 고개를 내밀었다. 깊게 눌러쓴 모자 사이로 별처럼 빛나는 눈망울을 가진 작은 소년이 성큼 방으로 들어왔다. 원기와의 첫 만남은 그렇게 시작되었다. 총총 걸음으로 친구들과 동산을 올라가는 원기를 볼 때면 큰 소리로 그의 이름을 부른다. "원기야!" 한순간도 머뭇거림 없이 원기는 반갑게 손을 흔들며 함박 미소를 지어준다. 어느덧 2년이 흐르고 교회와 학교에서 매일 만나는 원기는 친한 벗이 되었다. 사랑하는 길벗 원기를 생각하면 마음 깊은 곳에서 작은 기쁨이 샘솟아 오른다. 이렇게 기쁨의 선물이 된 원기가 "목사님!" 하고 불러주면 그냥 좋다. 원기의 이야기가 책으로 나왔다. 우리 삶에 잊고 있던 은혜와 사랑이 작은 기쁨(원기)을 통해 모든 독자에게 전해지길 소원한다.

_밀알두레학교 교목·이호훈

원기에게 아빠는 많은 것을 함께하는, 솔직하게 대화할 수 있는, 기댈 수 있는 진짜아빠인 것 같다. 이 책을 읽다 보면 웃음이 나오다가도 왈칵 눈시울이 붉어진다. 그러다가 자연스럽게 우리 부모님과 자녀가 얼마나 귀하고 소중하고 사랑스러운 존재인지 깨닫는다. 학교 복도에서 마주치면 수줍게 인사하는 원기를 볼 수 있어 감사하다.

_밀알두레학교 교사·신동수

예기치 않은 아이의 아픔으로 인한 말할 수 없는 고통 가운데 하나님의 존재조차 의심하게 되는 절박한 삶. 그러나 그 삶 중심에는 언제나 사랑과 희망의 빛으로 함께해주시는 하나님의 실존이 있다는 것을 아버지는 경험했다. 그 아버지는 살아 있다는 것이, 사랑할 수 있다는 것이 얼마나 귀한 것인지 깨달아가며 한 가정이 하나님의 사랑으로 온전해지는 이야기를 우리에게 나눠준다. 그래서 이 책은 참 아픈 책, 그러나 참 좋은 책이다! 우리 가족과 이웃들을 다시 살피고, 주위의 작은 이들에게 지금보다 더 따뜻한 눈길과 손길을 내미는 존재가 되어야겠다는 의지와 소망을 지피게 하는 책이기 때문이다.

_장로회신학대학교 총장·임성빈

여기 실린 글들은 단지 한 아버지와 아들의 눈물겨운 분투기가 아니다. 글을 읽다 보면 살아서 꿈틀거리는, 아직도 진행형인 고통 가운데 우리를 향한 하나님의 마음을 가슴으로, 눈물로 만나고 느끼게 될 것이다.

_장로회신학대학교 목회상담학 교수·홍인종

원기의 삶은 치열하고 아픔이 가득하지만 고통을 극복해가는 원기 가정의 이야기는 따뜻함을 선사한다. 이 책을 덮었을 때 우리는 곁에 있는 가족을 또다른 마음으로 바라보게 될 것이다. 존재 자체로서의 소중함을 다시 한 번 일깨워주는 책이다.

_거룩한빛광성교회 목사 • 정성진

책은 눈으로 읽게 되어 있다. 때로 소리 내어 읽어야 할 때는 입으로 읽는다. 책 내용을 이해하고 논리를 따라가기 위해서는 머리로 읽기도 한다. 그런데 가끔, 아주 가끔, 정말 마음으로 읽게 되는 책이 있다. 삶으로 읽게 되는 책이 있다. 영혼으로 읽게 되는 책이 있다. 이 책이 바로 그런 책이다. 이제 몇 년밖에 함께할 수 없는 아들과 대화를 나누듯 적고 있는 이 글은 걱정, 염려, 아픔, 슬픔, 고통을 숨기고 있는 사람의 내면을 따뜻하게 어루만지는 치유의 손길이 된다. 그리고 바로 그 그림자 밑에 숨어 있는 평화, 용서, 행복, 희망, 감사를 회복하게 한다. 이 책을 이 땅의 모든 어머니, 아버지가 읽었으면 좋겠다. 자신의 정체성을 찾기 원하는 젊은이들에게도 일독을 권한다. 다른 사람의 삶에 대해 말해야 하는 교사들과 목회자들에게도 꼭 추천하고 싶다. 이 책이 펼쳐지는 곳마다 진정한 사랑의 문이 열리기를 바라며, 가족의 사랑 속에서 원기의 행복이 아름답게 이어지기를 기도한다.

_장로회신학대학교 기독교교육학 교수 • 박상진

이 책은 12년 동안 아들 원기와 함께하면서 겪은 희로애락을 가슴과 눈물로 써놓은 글이다. 고난 없이 사는 사람은 아무도 없다. 그러나 아들 생의 남은 시간을 분명히 알고 맘 졸이며 사는 부모의 아픔은 그 어떤 말로도 표현할 수 없을 것이다. 고난의 긴 터널을 하나님의 지혜와 능력으로 극복하고 희망을 노래하며 살아가기 원하는 모든 분에게 이 책을 추천한다.

_한사랑교회 목사 • 이명덕

원기 아빠인 홍성원 목사와 함께 일한 3년 동안 그가 얼마나 원기를 사랑하는지 느낄 수 있었다. 하나님께서 그의 마음을 위로해주시기를 기도한다. 더 나아가 원기를 향한 아버지의 노력이 결실을 맺어 소아조로증 아이들을 위한 재단이 설립되고, 또 치료 방법이 개발되기를 바란다. 이 책을 통해 그 간절한 바람이 조금이라도 이뤄질 수 있기를 오늘도 소망한다.

_서강교회 목사 • 송영태